の巫女／阿修羅王

水月あす薫
MIZUKI Asuka

文芸社

目次

炎の巫女

じめじめした五月の雨だった。瑞樹飛鳥《みずきあすか》は早すぎる梅雨到来に少しいらつきながら、それでもパソコンに向かっていた。かつては、ペンを握っていた、と書けばかっこうがついたのだろうが、事実、飛鳥がキーボードから物語を紡ぐようになってから二十年が過ぎようとしていた。新しい作品は、まだ書けない。それも前作が売れなければ日の目は見ない。それでも、たとえ形にならない原稿だとしても、書き始めなければならない。

かつて、作品はおのずと指からこぼれ落ちた。憑依しているのではないか、誰かに書かせられたのではないかと思うほどに物語が溢れ出た時期は過ぎてしまった。

この作品で終わりにしよう。だから、書き上げたいのだ。

飛鳥の脳裏に、ふと遠い昔の記憶がよぎった。

「飛鳥、飛鳥！」

早瀬凪咲《はやせなぎさ》に呼ばれて、飛鳥は振り返る。
「飛鳥、次、音楽室だよ、遅れるよ」
そうだった、忘れていた。飛鳥は急いで教科書を用意して教室を出た。勝手知ったる学校だ。迷うことなく第三音楽室に向かう。

飛鳥の高校には、音楽室が三つあるだけでなく、音楽専攻コースがある。飛鳥の所属する文化コースや他の理系コース、グローバルコース、ビジネスコースとは違い、音楽専攻コースは教室そのものが音楽室となっている。また、音楽専攻コースにはさらにピアノ科・声楽科・打楽器科のほか、自分がやりたい楽器があれば、たった一人でも「○○科」という名前を掲げて好きな楽器を学べる。また、様々な部屋にグランドピアノがある。おそらく十台ほどで、ほとんどがスタインウェイだ。アップライトピアノに関しては、音楽専攻コースの教室に人数分あるので、何台あるかわからない。とはいえ、文化コースの飛鳥には関係がないことだが。

音楽室は、大学のように後ろの席が高くなっている。そして、机は昔懐かしいオルガンだ。一クラスが五十人を越えているので、当然オルガンは五十台以上あるわけだ。

（ここだ。ここで、あの時……）

少し前のことだ。飛鳥はこの音楽の時間に、突然、名前が降りてきた。音楽教師がグランドピアノで次に習う曲を弾いていた時だった——教科書にはない曲、しかし誰もが知っている曲。時々、授業では教科書どおりではないことをする。芸術に力を入れている高校だから、美術はもちろん、特に音楽は、最低限のカリキュラム以外は教師の自由な発想に任されている。

♪ぽろり　ぽろり♪　♪ポロリ　ポロリ♪

〝飛鳥　薫〟

え？　アスカ　カオル？

＊

「巫女様、皆が集まっております」

そう呼ばれて振り返ると、若い娘がかしずいている。

（この光景、見たことがある……三内丸山遺跡、地底の杜ミュージアム……）

縄文人の家の中。胸に手をあてると、小さくじゃらりと音がした。首から下げた装飾品だ。そして、縄文人の女性の衣装を身にまとっている。

「ハヤか、今行く」

（なぜ、私はこの娘の名を知っている？　いや、ここはどこだ）

くらりとめまいがした。


まるい魂が、宇宙の中を流星のように流れていく。

やがて村が見えた。縄文の村。その掘立柱建物《ほりたてはしらたてもの》の中に落下すると、両手に炎の字をなぞったように指文字を描き、手のひらに燃える炎を揺らす女の中に、スッと入っていった。

（そうだ、この女の中に私は……）

掘立柱建物の入り口に立つと、下には村々の長《おさ》が集まっていた。巫女は七つの村の長を確かめるように見回した。先ほどの侍女・ハヤがそばにかしずく。

一の村・トマテ。二の村・スグラ。三の村・ミズサ。四の村・ハシク。五の村イツノ。六の村・クラセ。七の村……。

「ニギナはどうした？　クラセ、七の村・ニギナは？」

　クラセが顔を上げようとしない。やはり、という思いがよぎるが、決めつけてはいけない。何もかもわかっていても、口を開くのはクラセの役目。

「六の村と七の村の境の沼が、真っ赤に染まっておりました。七の村に行くことは、もうかないません」

「そうか……ニギナは……」

　巫女はチラリとハヤを見た。ハヤは震えている、伏せた眼から涙が流れようとする時、ハヤは顔をそむけた。


　ニギナは七つの村長《むらおさ》の中で一番若く、唯一独り身であった。ハヤがニギナと心を通じ合わせていることには気づいていた。しかし、この危機迫る時、賢く気の利くハヤを巫女は信頼し、仕事を任せていることが多かった。それゆえ、ハヤの代わりとなる者が現れるまでと、つい二人の気持ちに気づきながら、ハヤを解放できなかった。巫女は、自らが未熟ゆえのことと、悔しさでこの身を呪う。

「巫女様、お召し物が！」

いちはやく気づいたハヤが、手桶から巫女の衣装に水をかける。まただ。自らの怒りで、気づかず手のひらから炎が……。通常、自らの意志のみで発する炎が、このところ暴走する。怒りにまかせてはいけないのに。……時間がない。

巫女は、はっとして周りを見回す。時が止まったように、いや、ゆるやかに動いているのか、人の動きや言葉が緩慢だ。

（何が起こっている？　ハヤ……）

水をかけて火を消し、焦げた布を拭くハヤに声をかけられない。何が……。


にわかに暗雲たちこめ、暗い空の向こうから真っ黒な声が響いた。

「炎の巫女よ　かなわぬのぞみは捨てよ
そなたが我が手に堕ちれば　村人とともに　その命を救おう
何も変わらぬ
今までどおり　何も変わらぬのだ」

迫りくる黒い腕を、巫女はその手のひらよりの炎ではらう。

(何も変わらぬと……何も変わらぬと?

もし我がうなずけば、今の暮らしは保てよう。

しかし、その魂は喰いつくされ、二度と転生できぬであろう。

我も、村人も……)


「ふははは……!」

黒いものの笑いが響き渡ると、暗雲は消え、時が動き出した。

「巫女様、大丈夫ですか?」

やっと火を消したハヤが、声をかけた。


その夜のこと。

「カオラか」

鏡に向かい祈りを捧げていた巫女は、突然後ろに現れた気配に気づいた。くるりと前を向くと、片膝をついた女がかしずいている。

「村人の様子は」

「はい。動揺は大きいですが、村長たちが落ち着かせようと話をしています。しかし、このようなことが続けば、いずれは……」

巫女はうなずいた。

「カオラ、二人きりだ、よい」

カオラは扇を立てかけると、巫女の前であぐらをかいた。

「アスハ、大丈夫なのか」

大丈夫なわけがない。巫女は眉をひそめた。

「カオラ、そなたの見立ては？」

カオラは顔を歪《ゆが》め、額にしわを寄せた。

「……人ではないな」

巫女はふうと息を吐いた。やはりか。

「カオラがそう言うなら間違いないな」

カオラと巫女は、巫女がアスハと呼ばれていた時からの幼なじみだ。

子供の頃から、その手から炎を生み出すことができたアスハ。アスハはやがて亀の甲羅をその炎で焼き、占うようになる。誰に教わることなく。

そして、勘が良く、見えないものを見極めることができたカオラ。カオラは、幼い時から人の死が見えた。死にゆく人の魂が昇っていく様を、当たり前のように見てきた。やがてカオラは、その身体を鍛え、戦うことができるいくさ人、女いくさ人となることを選ぶ。人を救いたい、一人でも人の人生を全うさせたい。自分ができることは、村を守ることだと思ったのだ。

いっぽうアスハは、その占いによって信望を集め、やがて七つの村を治める巫女となった。その生涯を、村に捧げると決めたのだ。

二人の立場は大きく変わり、カオラはアスハ――炎の巫女の腹心となった。それでも関係性は変わらず、孤独な巫女が、心を許して話せる者の一人であった。

「人ではない者と、どう戦ったものか」

「人ではないし……神でもないぞ」

「わかっておる」

神であったなら、いや、神であれば、ここまで人に試練は与えぬであろう。人は限られた時を生きる。その肉体に宿り、その環境で育ち、その人間関係を築けるのは、今のこの時だけ。たとえ来世があっても、同じ時代、同じ名前、同じ性、同じ親から生まれてくるわけではない。今この時の、この人生を生き切らずして、次があろうはずがない。


それからしばらくのち、血にまみれたカオラが、扉を開けて入ってきた。

「カオラ」

鏡に祈っていた巫女は、カオラが口を開かずとも、もう、わかっていた。

「アスハ、私の力で、どうにか魂を守れた者がいる。少ないが、命を失う瞬間に、その魂を奪われないよう、天に還した。しかし、ほんの少しだ」

「カオラ、そなたは……」

カオラは答えずに続けた。

「アスハ、おまえの魂は、すでに二重の守りで包んだ。私が先に逝っても、奪われることはない」

やっと、巫女は振り返った。瀕死のカオラ。すでに七つの村は消失したのか。

「アスハ、おまえとは何度も会っている。必ず、もう一度、会うぞ」

カオラはキリリと口を結んだ。

「アスハ、さらばだ」

バタンと音がして、カオラの姿は消えた。

(救えなかった、誰一人。何が炎の巫女だ。誰も救えない、ただの占い師。そんなものいらない。そんなもの……)

突然、部屋が暗くなった。目の前まで夜が、ベールのように垂れ下がり、巫女に迫ってくる。巫女は、その闇に気圧《けお》されるように、前のめりに倒れた。動けない。

「弱いな」

闇の太い声が響く。

「炎の巫女、皆、死んだ。おまえのせいだ。おまえが殺したのだ。この闇に屈すれば、命だけは助けると言ったものを」

(そうだ、私が拒んだ。私が戦うことを選んだ。戦わなければ今世のみで、魂を奪われ、転生できないことを知っていたからだ。しかし結果はどうだ。救えた魂は、ほんのわずか。それもカオラの特殊な能力に頼ってのことだ。何ができた、何もできない)

「哀れだな。最後の一人、今、楽にしてやる」

闇から響く声に、動けない巫女の体も飲まれていく。

「私は！」

（カオラ、私もまた……）

「私は必ずよみがえる。何度でもよみがえる。私は負けない！」

＊
「飛鳥、大丈夫？　どうしたの？」

凪咲の声に我に帰る。飛鳥はほんの一瞬、気を失っていたようだ。

「飛鳥？」

たった十分の休み時間。ほんの一瞬、眠ったように意識を失った。一瞬の映像。前に見た炎の巫女。飛鳥は、あまりに凪咲が覗き込むので、初めて自分の状況に気づいた。

飛鳥は大粒の涙を流し震えていたのだ。体中が恐怖で支配されていることに気づくと、恐ろしさでさらに涙が止まらなくなった。

あれはいつのことだっただろう。炎の巫女のイメージが降りてきたのは。おそらくあれから二年近く時が過ぎた。飛鳥は大学受験を目の前に、予備校に行かない日はオンラインで授業を受けていた。苦手な数学に苦しみながら、いつしか自室のこたつで船をこぎ始めた。

いつの間にか球体となっている。これは自分の魂の形なのか？　流れに身を任せると、見たことのある部屋で、祈りを捧げる巫女の姿が見えた。飛鳥は、そのまま巫女の前に下りて、飛鳥自身となった。この巫女は前に見たことがある。いや、巫女は飛鳥自身だったはず。

巫女が振り返った。立ち上がった巫女は、座り込んだ飛鳥を見た。

「そなた、我であるな。つらい思いをしたな」

飛鳥はそう言われ、なぜか泣き崩れ号泣した。

「それらはすべて必要なことじゃ。そなた、なぜ自らが生まれたか知っておろう。そなたのまわりの生も死も、喜びも悲しみも、そなたが成長し、気づき、伝えるものがあることを思い出すために起こっておる。そなたはとっくに知っていたであろう。どのようなつらい体験も、そなたが伝えるべきもののために、必要な出来事じゃ。すべてはわかっておろうが。甘いことを言うつもりはない。そなたをいたわるつもりもない。すべてそなたが受け入れ、消化し、その血肉として吐き出し、表現するためのものじゃ」

「忘れるな。忘れるなよ……」

飛鳥は、はっと目覚めた。耳の奥に「忘れるな」と言った巫女の言葉が、いつまでも響いていた。

受験。誰もが体験すると思っている者も多いが、日本の大学進学率はいまだ五〇パーセントを切っている。高校進学率は九九パーセントだが、卒業となると七〇パーセントを切る。誰もが進学し、卒業できるわけではないのだ。だから。

「親に感謝か……」

受験は思いどおりになどならない。まして親が期待すればするほど、プレッシャーがきつく、弱い者は負けてしまう。勝った者は乗り越えたことを誇りとし、当たり前のように子供に押しつける。怖いのは、負けていながら夢を子供に託す親だ。子供の人生は子供のもの。親は一生、子供のめんどうなど見られないのだから。それが本当にわかっているなら、本人が後悔しないように自由にさせるべきなのに。

そんな受験戦争の中、飛鳥は幸いにも好きな大学を受験させてもらった。一番やりたいのは哲学だが、教養学科など多岐にわたるほうがおもしろいかも。そして、次に興味があったのは福祉だった。悩んだ末に、両方受験することにした。いずれにしろ、大学は何校か受けるものだから。

第一志望の教養学科のある大学の受験日、緊張のまま試験会場に入った。得意の英語・国語を過ぎ、ついに苦手な数学だ。ここを乗り越えなければ。

飛鳥は大きく深呼吸をした。スタートと同時に、大嫌いな数字や記号の羅列が現れる。

(逃げたい。逃げだしたい)

突然目の前の教室がぐるりと回った。空間のゆがみの中、飛鳥はまた意識だけが飛んでいくのを感じた。

＊

飛鳥は鏡の前で祈りを捧げていた。——巫女に、炎の巫女になっている。

「ハヤ！」

振り向いてハヤを呼ぶ。ハヤはすぐに現れた。

「ハヤ、その、七の村……ニギナは、その、ニギナは……」

ハヤはうつむいて赤くなった。

「巫女様、わかっております。昨日もまだ巫女様の仕事があると話しました。わたくしは、巫女様に仕えることを誇りに思っております」

「ニギナは生きて……いや、元気だったのだな」

ハヤは首をかしげた。

「はい。昨日ここに来た時に話したのです。その時、巫女様もお会いになって……」

(生きている！　まだ、生きている。……間に合った。いやしかし、間に合ったといって、どうすれば。戦って勝ち目はない。皆の命を救うには……。

私はこの時代をループしている。戦ってはいけない、逃げなければ！)

「ハヤ。七つの村の村長を全員集めてくれ。早急にだ」

ハヤはすぐに伝令を用意し、各村に放った。夜になって、やっと七つの村の村長が集まった。昨日村長の集まりがあったばかりだったので、皆何事かと集まってきた。

巫女は円になるように村長を座らせると、口火を切った。

「近々、この村が消失するほどのことが起きる。村を捨てて、新しい土地に移ろうと思う」

いつもなら巫女の言葉は絶対で、誰も疑わない。しかし、今回だけは皆すぐに「うん」とは言えなかった。村は、秋を——豊作の秋を迎えようとしていた。もうすぐ稲の刈り取りが始まる。この豊かな村を捨てる理由など本当にあるのか。さらに村には女子供、年寄りもいる。起きてもいないことに恐れをなして、この村を捨てるなどと、簡単にできることではない。七人の村長が、巫女の言葉にうなずくことはなかった。

「ハヤ、そなたも私を信じぬか」

ハヤは首を横に振った。

「巫女様、私に時間をください。私に考えがあります」

「ニギナ。私、ハヤだ」

七の村の村長ニギナ。村長の中で、唯一独り身であった。そして、ハヤの想い人でもある。

「ハヤ、珍しいな、巫女様はいいのか」

「時間をもらった。ニギナと話がしたくて……」

ニギナは戸を開けハヤを引き入れると、すぐに抱きしめた。ハヤもそれに従った。

「ニギナ、聞いてもらいたいことがある」

ニギナは体を離すと、床に座った。ハヤもそれにならう。

「巫女様が言っていることは本当だ。私は巫女様を信じる。今までも、巫女様の言うとおりにして、村々は成り立ってきた。巫女様を信じてほしい」

ニギナはあきれたように横を向いた。

「会いに来てくれたと思えば、そんなことを言うために来たのか。そんなことより、ハヤは、いつ嫁に来るんだ。いつまで待てばいいんだ」

「それは……。すぐにでも来たい。でも、今はだめだ。今は大事な時」

「何が？」

「巫女様は逃げなければいけないと言っている。巫女様は正しい。皆を救いたい。だから……」

「そんなに巫女様が大事か。嫁に来るより大事なのか」

「嫁になる！　必ず嫁になる！　このことが済んだら、皆が無事に新しい土地に移ったら、必ず嫁になる！」

「ほんとうか、ハヤ」

「ほんとうだ。だからニギナ、ほかの村長を説得してくれ」

ニギナは腕を組み、思い描くように空を見つめると、口を開いた。

「しかし、どうやって」

すると、半開きの戸が開いてカオラが現れた。

「カオラ様」

カオラはいくさ人だが、巫女の腹心で幼なじみだ。

「一の村のトマテは、二の村の長の娘に、息子を婿に出している。今は二の村は、その婿のスグラが村長。スグラはニギナとは学び仲間だったな。ハヤも、共に学んでいなかったか？」

カオラは続けた。

「四の村・ハシクと、五の村・イツノは、もとはいくさ人、仲間であった。二人は私にまかせろ。トマテとスグラは任せた。また、六の村・クラセはハヤの兄だ。わかってるな」

「では、三の村・ミズサは」

ミズサは、アスハの……。

「ミズサはなんとかなる」

翌日から、ハヤ・ニギナ・カオラ、そして、説得された者たちが増えるにつれ、彼らがまた説得する側になり、それらが拡がるとやがて村々で移動のために相談が始まった。

巫女自らも動いたこともあって、刈り入れを前に村々の人々は、この七つの村がある豊かな土地を捨てる覚悟を決めた。


累々とつながる道、遠くに捨ててきた村が見える、何日もかけて歩いた道は、やがて山道となり、女子供、年寄りを気遣いながら、たくさんの村人が山を登っていく。その先頭を歩くのは炎の巫女だ。巫女は山の長く連なる畝に立つと、すぐ下から長く長く連なる村人を見た。その時、かつて住んでいた村の、今いる山とは反対の方向にある山が、突然噴火するのが見えた。噴火の規模は大きく土石流が飛び出し、流れ出した溶岩はみるみる村を覆っていく。

山が怒っているのか。逃げだしたことへの報復なのか。遠くに見えた村は、見る間に火砕流の中に消えていった。村は完全に消失したのだ。

その時だ。燃え上がる火山の中から、一羽の霊鳥が現れた。ゆっくりと羽を伸ばした鳥は、燃える山から生まれたのだ。

「鳳凰……、命の再生……」

あっけにとられる村人をよそに、巫女は目の前の空間に小さなまるい扉を見つけた。

「私は行かなければならない」

村人は驚いて、巫女を見つめた。

「よいか、この山の向こうに新しい土地がある。そこで、皆で新しい村を作るのだ」

「巫女様」

人々は口々に巫女を呼んだ。

「大丈夫。頑張るのだ、頑張るのだぞ」

「巫女様」

ハヤがニギナに支えられながら、巫女に近づく。

「ハヤ、ニギナと共に、頑張るのだ。皆を頼んだぞ」

巫女はふっと意識を失った。自分の体がすぅっと、まるい空間に吸われ、と同時にその空間が村人の前から消えるのを感じた。

＊

終わった！　受験が終わったのではなく、試験そのものが終わった。数学は、全くできなかった。教室が回ったように感じて、不思議な光景を見たのは、ほんの一瞬の出来事だった。だから、時間はたっぷりあったのだ。でも、飛鳥は冷静に試験を受けることができなかった。その一瞬で見たことが気になって集中できなかったのだ。

春。桜が咲いた。飛鳥は大学生になった。第二志望の福祉の大学だ。これから、あこがれのキャンパスライフ。

入学式が終わった時、飛鳥は近くにいた少女に気づいた。十八にもなっているのだから、少女もないか。

「あの」

少女は、ちょっと横を見て、飛鳥に気づいた。

「私、瑞樹飛鳥。あなたは？」

少女はニッコリ笑って答えた。

「月風薫《つきかぜかおる》、よろしくね」

「よろしく、薫」

飛鳥は高校の授業時間に、突然降りて来た名前を思い出していた。飛鳥薫。アスカカオル。

また会えたね、カオラ。


何十年か後。

M駅近くのじゃじゃ麺のお店「白龍」。長年の友人と飛鳥は帰りの新幹線を待つ間、夕食を摂っている。うどんに味噌ひき肉がのったI県のご当地麺。まぜて食べた後に一口残し、「ちいたん」というスープを入れて食べる。少し深めの中華皿の模様がハッキリと見えてきた。そこには、中華ならではの龍と鳳凰の絵柄。

「龍が好きな人多いよね、私も好きだけど。でも、やっぱり鳳凰なんだよね、私は。小さい時から」

一緒のテーブルで食べていた友人がうなずく。

「炎に焼かれて何度でもよみがえる。この鳳凰が昔から好きで。フェニックスでも不死鳥でもなく、鳳凰なんだよね」

「だからなんじゃないの？　何度でもよみがえるって、言ってたよね、自分で」

「え？　そういうこと？」

友人に指摘されて初めて気づいた。中国の霊鳥・鳳凰。優れた天子（みかど・王等）が生れる時に自ら怒れる山に身を焼き、生まれ変わるという。

今は嫁いで他県に住む友人。彼女と知り合ってから、十二支が幾度か回った。そう、いつの時代も、この出逢いからすべてが始まったのかもしれない。


飛鳥が最も大切な自分の命より大切なものを失った時も黙って寄り添ってくれた。そう、かつて炎の巫女である自分自身から言われたように、飛鳥の胸を貫いて抜けないほどの痛みを、今も抱えている。それでも表現せよと、巫女は言うのだろう。それがこの時代に生まれた意味なのだと。

自らの命を失ってもいいと思うほどの痛みを抱えながら、まだ生きていられるのは、彼女をはじめとした幾人もの今世で出逢った人々がいたから。きっと何度も会っている、そしてまた、この時代で会うことを決めてきた……。

ハヤ、ニギナ、トマテ、スグラ、ハシク、イツノ、クラセ、ミズサ……。たくさんの人々。今までも、これからも。

そして、またどこかの時代で。

(ねぇカオラ。そうだよね)

飛鳥は少し晴れ間を見せた空の光を窓から受けながら、また、キーボードを打ち始めた。

阿修羅王

―「トンニャン」より―

登場人物

トンニャン……（ルシファーいわく）男でもなく女でもなく、生を超越した存在。この世の始まりの前から存在し、この世の終わりの後も存在する。静観するもの。

アシュラ……阿修羅王。阿修羅の起源は、古くは古代メソポタミア文明のシュメール、アッシリア、ペルシアとされる説がある。インドでアスラとなり、中国を経て、日本では阿修羅王と呼ばれている。三面六臂《さんめんろっぴ》の姿で描かれることが多い。阿修羅王とは、アスラ一族の王、という意味である。

はじめに

この物語は、日本民族が滅びた一〇〇〇年後の未来。天界・魔界・人間界を巻き込む大きな事由による神々の攻防を描いたものである。トンニャンを中心に、天使・堕天使が数多《あまた》登場し活躍する中で、世界中の神々も登場する。

この長い長い物語の中で、特にアシュラが活躍する、阿修羅王のルーツに迫り、唯一インドの神々が活躍するのが、これから紹介する阿修羅王編である。

事の発端。この物語の少し前。

人間界から魔界へ行こうと地にもぐったトンニャンとアシュラは、アスタロト公爵に捕らえられ、何重にもシールドが張られた部屋に監禁されてしまった。クリスタルから様子を監視するアスタロトの気をそらすことに成功したトンニャンは、アシュラに天界からの情報を伝えるのだった。

トンニャンはコクリとうなずくと、ベッドを下りて、アンティーク調の椅子に座った。

「ゆうべの話。部屋が破壊されて話せなかっただろう」

「夜中にいなくなったことか？」

「あぁ、久しぶりに旧知の友の呼び出しがあってな」

呼び出し……。トンニャンを呼び出せる友といえば二人しかいない。

「……ミカエルか？」

「よくわかったな」

「天帝がこの世の惨状を黙って見ているとは思えないからな。それにアスタロトに聞かれたくないなら、ルシファーよりミカエルの話だろう」

トンニャンが、首を横に振りながらため息をついた。

「おい、まさか……」

「そのまさかだ。毎度のことながら、太古の昔から、全く考えが変わっていない」

「方舟《はこぶね》？」

トンニャンがうなずいた。

「また、あれをやるのか。俺は忘れていないぞ。水に沈みながらわが子を天に抱き上げた、たくさんの母親の姿を、また見ろというのか。いったい、今度は誰にノアをやらせるんだ！」

アシュラの怒りは雷のエネルギーに変わり、シールドを突き破らんばかりに天井に突き刺さった。

力の神　インドラ（帝釈天）

インドラ（帝釈天）は、住まいである須弥山《しゅみせん》のトウ利天《りてん》の最上階から、人間界を眺めていた。

最近の人間界は、仏の存在を忘れたかのような乱れようだ。仏の教えこそ全世界の人々を救うと信じ教えを説く人々も、ここ千年くらいで変動を見せ、乱れた世の中に仏を見出せなくなりつつある。それは一つには代表的な大乗仏法国であった日本の滅亡や、小乗仏法をかたくなに守り続けてきた小国が滅んだことが大きく影響している。心の中にこそある仏、善悪問わずすべての人々を救うのは仏の教えにほかならないのに。

インドラは、ふとブラフマー（梵天）を想った。

【インドラ（帝釈天）】

インドラは『リグ・ヴェーダ』では中心的神、『ラーマヤナ』では天空の神である。ルーツは紀元前十四世紀のヒッタイト条文にも登場する。大地の女神プリヴィティーと天空神ディアウスの間に生まれ、稲妻で父を殺し地位を不動のものとする。

インドラはデーヴァ一族で、対をなすアスラ一族と対立。何度戦っても蘇るアスラと永遠の戦いを続ける。

仏法では、インドラ・アスラと共に神となり、日本では帝釈天と呼ばれブラフマー（梵天）と共に、二大守護神となる。四天王らを配下に須弥山の頂上・トウ利天に住んでいる。

「考え事か、インドラ」

突然後ろから声がして、インドラは振り返った。

「阿修羅王、なぜここに？」

するとアシュラの後ろからもう一人、顔を出した。

「トンニャン……。そうか、だから、ここに入ってこられたのか。鬼の通り口などなかったはずなのに」

「ご挨拶だな、久しい友との再会ではないか」

アシュラの声にはよどみがない。かつて、あれほど血を流し戦った相手、憎悪しあった相手なのに、曇りなく聞こえる。

インドラは戸惑いを隠せないでいた。アシュラの目的は何だ？


「トウ利天は、まこと世の中がよく見える。インドラには人間界はお見通しだな」

トンニャンは、インドラと並んで人間界を見ている。

「トンニャン、何が目的だ？」

インドラがトンニャンに目を向けると、急に肩に腕がかかり、肩を組むように少し引き寄せられた。

「いいではないか。たまに来てみても。ここは仏界の中心たる場所、訪問したとて罪にはなるまいて」

腕をかけた相手はアシュラだ。

「アシュラ、おまえもだ。何の目的だ？」

「相変わらず固い奴だなあ。昔は誰彼となく戦う乱暴な神であったが、今は守護神と呼ばれ、人々にあがめられているのだろう」

「アシュラ、トウ利天の中でも見学していろ」

「おい、勝手なことを言うな」

インドラが、トンニャンを振り向いた隙に、アシュラはもう走り出していた。

「アシュラ、歩き回るな！」

インドラの声はもうアシュラに届かなかった。

「おまえ、かつてのアスラ一族で、アシュラの部下だったクビラ（宮毘羅）やバサラ（代折羅）たち十二夜叉大将も、トウ利天に住まわせているそうじゃないか」

インドラは腕組みをして、また人間界に目をやった。

「四天王だけでは、守護するのが難しいと思ったからだ。ブラフマーは、おおらかというか……最近は眠っていることが多いが、何が起きるかわからんからな」

「では、アシュラに、彼らと会わせてもよいのではないか。今は、デーヴァのアスラのと言っている時ではない。かつて争った二つの一族も今は一つになる時が来た。それがわかっているから、十二夜叉大将も、住まわせているのではないのか」

インドラは、口を真一文字にして、答えようとしない。トンニャンは、伏し目がちになりながら、インドラの耳元でささやいた。

インドラの目の色が変わった。声を上げないまでも、歯を食いしばっているのがよくわかる。

「わたしは歴史に介入できない。介入してはならないのだ。だから、こうしているだけで、実は見ていることしかできない。わたしができることはこの先、手を尽くすつもりだが、自分から手が出せない以上、実際にはただ、目をつぶって時が過ぎ去るのを待つことのみだ」

インドラは考えていたが、天を仰ぐように顔を上げた。

「ブラフマーには伝えないが、いいか?」

トンニャンはうなずいた。

「立場上、表立って相対することは本意ではない。ましてブラフマーが知るところになれば、かえってわたしも動きにくいからな。また、どうするかは、こちらに任せてもらっていいか?」

インドラは、透明な床から、トウ利天の下の様子を見つめた。

「鬼が大将らと、話しておるわ」

「何万年ぶりかわからんからな。懐かしいのであろう」

「鬼は、姫に会いたいのであろうな」

　インドラがつぶやくように言うと、トンニャンはインドラの肩に手を置いた。

「姫とはうまくいっているのだろう」

「あぁ、最初からうまくいっている。あの戦いのさなかですら……」

「姫とは愛を育んだか？」

　インドラは、少し赤らめた頬を隠すように、後ろを向いた。

「もう、アシュラにもわかっているさ。仏は、姫を奪われ正義の神として戦い続けたアスラを良しとせず、姫を奪ったデーヴァであるインドラを良しとした。姫の幸せが一番で、姫が良いのであれば、最終的には奪ったことより、いつまでもそのことに固執して戦いを挑むほうを否としたのだ。これが、仏の教えだ」

　インドラは何度か首を縦に振ると、最上階から下に下りる階段の手すりに手をかけた。

　下に下りると、アシュラがクビラ、バサラ、メキラ、アジラ、サンチラら十二夜叉大将と話していた。

「インドラか、トウ利天は住みよいようだな。皆気に入っているようだぞ」

「ふん。鬼の口からそのような言葉が出ようとはな」

「鬼、鬼言うな。ちゃんと名前があるのだぞ」

「わかっておる。……アシュラ……」

インドラは、言葉を切って、そのまま黙ってしまった。


「インドラ、きちんと言わなければ、何が言いたいのか、アシュラには伝わらぬぞ」

アシュラは不思議そうにインドラとトンニャンを見ている。

インドラは咳払いをした。

「アシュラ……。その……姫には……会ってゆくか？」

インドラが後ろを向いたまま、やっと言葉を継いだ。

アシュラの口元が歪み、皮肉にも小さな笑みが浮かんだ。

「いや、会わずに行く」

インドラが振り向いた。

「いいのか？」

「あぁ……。幸せなのだろう」

インドラがうなずいた。

「ならば、いい。俺もあの不死の戦いを繰り返していた時とは違う。トンニャンについていくことにした。これが、俺の選んだ道だ。姫が幸せなら、それでいい」


「インドラ、インドラ！」

アシュラが去ったあと、インドラが自分の部屋でもの思いにふけっていると、一人の女性がやって来た。

「姫か……。何か？」

「何度呼んでも、返事がないからどうしたかと思って」

いや……と、言葉を継ごうとして、インドラはためらった。やはり、言えない。姫にはアシュラが来たことは話せない。今さら姫の気持ちが動くとは思えないが、言葉にしようと思うと、心にブレーキがかかる。

「インドラ、何かあったの？」

愛くるしい瞳でインドラを見つめる姫は、悠久の昔から変わっていない。あの時、もし姫に会わなければ……。

遠い昔、アスラ一族とデーヴァ一族は二つの神の一族だった。アスラ一族のアシュラは正義の神、デーヴァ一族のインドラは力の神として、お互いを認め合い尊敬しあう良き友であった。

＊　＊

ある日の夕刻、インドラはトウ利天に帰る途中、泉のほとりで水を浴びる少女を見た。その少女は白い薄絹の衣装を木にかけて、泉に入り身を清めていた。インドラは、その白き裸体に釘づけになった。透きとおるような柔肌、長き黒髪、その頬はかすかにピンクに染まり、瞳は泉をすべて映すと思われるくらい大きく、長いまつげが風に揺れていた。

「姫」

少女は呼ばれて振り返った。そこには、アスラ一族の正義の神アシュラがいた。姫はその裸体を隠そうともせず、嬉しそうに微笑んだ。アシュラは身につけていたものを脱ぎ捨てると、泉に入り姫に近づいていった。

「アシュラ」

少女・姫がアシュラの名を口にした。アシュラは姫のか細い身体に腕をまわし、そっと抱きしめるとそのまま口づけた。

インドラはどうやってトウ利天に戻ってきたのか、覚えていなかった。姫とアシュラが愛を交わす場面に出くわしたのは間違いなかった。だが、自分がそれをいつまで見ていたのか、いつその場から離れたのか……。

それからインドラは、姫のことが忘れられなくなった。インドラは嫉妬した。生まれて初めて、友に、アシュラに憎悪した。その歪んだ愛の憎しみにインドラは身を焦がした。

チャンスはある日突然訪れた。インドラはあれから時々あの泉を訪れていた。いつか姫が現れることを祈りながら。

その日も姫は、泉の水で身を清めていた。インドラは木にかかっている白い薄絹の衣装を手に取ると、それを持って姫の前に立った。姫は驚いて、その手ででき得る限り身を隠そうとした。

「姫、そなたはアスラの姫であろう。わたしはデーヴァのインドラだ。この衣装は姫のものか？」

姫はうなずいた。

「この衣装を返してほしくば、水から上がりここに来るのだ」

姫はしばしためらっていたが、ゆっくりと一歩一歩近づいてきた。目の前まで来た時、インドラは片手で姫をからめ取った。姫が悲鳴を上げたのと、インドラが空に飛び上がるのがほぼ同時だった。そして、その悲鳴を聞きつけ、瞬時にアシュラが現れた。

「インドラ！　どういうつもりだ、姫を放せ‼」

アシュラが宙に浮くインドラに叫んだ。

「アシュラよ、姫を返してほしくば、トウ利天に来るがよい。だが、道は険しいぞ！」

インドラは風のごとく姫を連れ去った。


それから正義の神アシュラと力の神インドラの戦いが始まった。それは、アスラ一族とデーヴァ一族の戦いでもあった。だが所詮、正義と力では、力が勝つのが道理。

長い戦いの末、アスラ一族は全滅した。

インドラは血生臭い戦いから、トウ利天に帰ってきた。血しぶきを浴びた身体を清め寝室に入ると、白い衣装を着た姫がひざまずいて手をつき、頭を下げて待っていた。

インドラは、ベッドの傍らにある椅子に身を任せると、姫を見やった。

「恨んでいるのか？　アシュラは死んだ……いや、アスラ一族は滅んだ」

自分でそう言った後、インドラの胸はむなしさで苦しくなった。戦っている時は夢中だった。だが、インドラはこの姫の、この姫一人のために、神の一族を滅ぼしたのだ。インドラには自分を正当化する術《すべ》がなかった。

「アスラ一族は滅びました。しかし私はアスラの最後の一人。あなたが望むなら、私が生きていていいのなら、この身を最後の一人として全うしとうございます」

姫の言葉を聞いた時、インドラは初めて涙が流れた。姫は立ち上がって、インドラに近づいてきた。

「あなたは、この戦いを本当は望んでいなかったのでしょう？　あの日、アシュラから私を奪いながら、あなたはまだ一度も、この身に触れていないではありませんか。不器用な方……。もう私はひとりです。アシュラはいません。私には、あなたしかいない」

インドラが顔を上げると、姫のほうから口づけてきた。インドラは、心の底から望み続けた白い肌にふれると、悪夢のような罪の中に姫と共に堕ちていった。

しかし、アシュラは生きていた。いや、蘇ったのだ。アスラ一族とともに。再び戦いが始まった。

「姫、アシュラが……」

「あなたはまた勝つでしょう。アシュラは勝てない。私にはわかります。アスラ一族は、何度戦ってもあなたに勝てない。そして、私も、もう戻れない。私はあなたのものなのだから」

インドラは姫を引き寄せ、強く抱きしめた。

何度戦っても、命を奪っても蘇る、不死のアスラ一族との延々と続く戦いの始まりだった。

＊　　＊

あれから、どれほどの時を過ごしたのだろう。アシュラとの戦いは激しさを増すばかりだったが、時が過ぎるほど姫との絆が深くなるように感じた。姫がアシュラより、インドラを選んだことは明白だった。

その戦いですら、遠い昔のことだ。まさか、あのアシュラがトウ利天に現れるとは。そして、命を懸《か》けてまで戦った姫に会わずに行くとは。

「インドラ、何か気にかかることがあるのでしょう？　私にはわかるわ。あなたは正直な方だもの。何か私に隠し事をしているのね」

「隠し事など……」

インドラは姫を正面から見ることができない。アシュラと会ったこと、それから昔のことが思い出されてならないこと、すべて姫には言えない。

「仕方のない人ね」

姫は椅子に座ったままのインドラの、肩から頭にかけて腕を回すと耳元でささやいた。

「誰か来てたのね？　私に知られたくない人？」

姫は、彼女の腕を振りほどこうとするインドラに逆らって、腕に力をこめると、再びささやいた。

「……アシュラ……なの？」

インドラは無理やり姫の腕から抜け出ると、立ち上がった。

「どうして、知っているのだ？」

姫は口に軽く手を当てると、うふふっ……と笑った。

「知らないわ。今まで私に隠し事などしたことのないインドラが、隠したいことなんて、他に考えつかなかっただけ。でも、本当にあなたは、不器用で正直な方ね」

インドラは再び椅子に座りなおすと、姫から顔をそらした。

「でも、どうやってアシュラはトウ利天に入ってこられたのかしら？」

「……トンニャンと一緒だった」

「トンニャンと？　そう……。そうよね。彼はトンニャンのパートナーになったのですものね」

インドラは目を伏せたまま、姫のほうに顔を動かした。

「アシュラに……会いたかったか？」

「いいえ」

姫は即座に答えた。

「言ったでしょう。私はもう戻れない。私はあなたのものだからって」

インドラが目を開くと、姫の顔が鼻に触れるほど近づいてきていた。

「そんなことで悩んでいたの？　もうずっと以前のことなのに」

「姫……」

インドラは自ら姫を引き寄せた。遠い遠い悠久の昔から変わらぬ姫の愛に、少しでも動揺した自分が情けなかった。


姫との愛を再確認した後、またインドラはひとり自分の部屋にいた。

姫も、そしてあの鬼も、昔のことなど気にしてはいない。このインドラだけが、いつまでも気にしていたのか。

インドラは自然と笑いがこみ上げ、少しだけ声を上げて笑った。すると、ほんの少し心が軽くなった気がした。

ひとしきり笑うと、インドラはトンニャンの言っていたことを思い出した。この世界の中心たるブラフマーに話さないと決めた以上、一人でやるしかないのか。いや、一人では無理だ。どうしていいかもわからない。インドラは思案に暮れた。

ヴィシュヌやシヴァに話したほうがいいのか、それともハヌマーンかガネーシャか。いや、いっそシッタルタに……。

猿神《えんしん》ハヌマーン（齊天大聖孫悟空《せいてんたいせいそんごくう》）

ハヌマーンは、觔斗雲《きんとうん》に乗って目にも留まらぬ速さで空を駆け抜けていた。その手には、かつて如意金箍棒《にょいきんそうぼう》と呼ばれた大小・長短自在の棒が握られている。遠い昔、それらを身に付け戦い続けたことがあった。

觔斗雲は湖の岸辺に降りた。その途端、「ガァガァ！」と騒がしい声が聞こえた。

「アヒルか？」

ちょっと聞き間違えると、河童の声にも似ているような気がした。

あの河童と豚はどうしているのだろうか。人間であるお師匠《おっしょ》さんは亡くなったが、妖怪の彼らはきっとどこかで生きているに違いない。

ハヌマーンは如意棒をグーンと伸ばしてみた。天にも届く勢いだ。

「ふんっ！」

ハヌマーンは腰を下ろすと、如意棒を小さくして耳に入れた。

【猿神ハヌマーン（齊天大聖孫悟空）】

人身猿頭で長い尾を持つ猿神。インド神話「ラーマヤナ」では、ヴィシュヌの化身・ラーマ王子と共に、ランカー島（現スリランカ）にさらわれたシータ姫を助ける為、魔王を退治しにゆく。ランカー島に向かってたくさんの猿たちが繋がって橋となり、その橋を渡ってラーマ王子がシータ姫を救いに行った。

「あなたは、なぜ石の中に閉じ込められているのですか？」

玄奘三蔵は、華奢で色白な青年だった。童顔のせいか、少年にすら見えた。石の中で五百年も待っていた齊天大聖孫悟空は、こんな弱々しい青年に、自分を助ける力があるとはとても思えなかった。しかし、三蔵法師が経を唱えると、固い岩が砕け散った。孫悟空は自由になった。いや、なったと思った。しかし、出たとたんに頭に緊箍《きんこ》児《じ》という、金で作られた輪っかをはめられ、何か悪さをすると三蔵の経文によって、輪が収縮し頭を締めつけられるようになっていた。石から生まれて親を持たぬ石猿は、その日から三蔵のお供で天竺（ガンダーラ）を目指すことになった。

やがて同じ妖怪の豚の天蓬元帥猪八戒《てんぽうげんすいちょはっかい》・河童の捲簾大将《けんれんたいしょう》沙悟浄《さごじょう》が加わり、一行は長く苦しい天竺への旅を共にすることになる。


「目覚めたか、ハヌマーン」

ハヌマーンはうっすらと目を開けた。かすかに青い空が見えた。

「お師匠さん！」

ハヌマーンは飛び起きた。しかし、そこは三蔵と戻ったはずの中国ではなかった。

「お……俺は、夢を見ていたのか」

ゆっくりと目の前にまるいクリスタルが差し出された。クリスタルの中に玄奘三蔵が、天竺から持ち帰った経を整理している姿があった。

ハヌマーンは、クリスタルが差し出された手の先をたどった。

「トンニャン。なんで……何が起こったんだ？」

「おまえはつい先ほどまで、この玄奘と一緒だった。旅が終わり、別れを告げただろう？」

ハヌマーンは記憶をたどるように、頭に手を当てた。すでに金箍児、金の輪っかはない。耳に手を入れると如意棒が出てきた。ハヌマーンは立ち上がった。

「觔斗雲！」

かくして觔斗雲はやって来た。

「夢ではなかったか」

「そう、おまえは長い時を齊天大聖孫悟空として生きた。おまえや天蓬元帥猪八戒、捲簾大将沙悟浄は、よく玄奘を助け長い旅に耐えた。そのおかげで、経は中国に渡った。大乗・小乗双方の教えの書かれた大切な経だ。いずれ仏法が広がる助けとなろう」

「……なんで、俺だったんだ？」

トンニャンはうっすらと笑いを浮かべた。

「さあな。常に人と共に神があるのなら、それはおまえが人と共にありたい、と願った結果ではないのか」

ハヌマーンは少し首をかしげて觔斗雲にもたれかかった。顔を横にすると、青い空がハヌマーンを包んでいるように見えた。

「そうかもしれない。俺が望んだのかもしれない。お師匠さんと、旅をしたかったのかもしれない」

「ハヌマーン。おまえは神話の神だが、孫悟空となって生きた時間は、人々の心に刻まれていくぞ」

「……お師匠さんは、忘れないでくれるだろうか」

「玄奘は忘れないさ。だが、玄奘の旅の話を信じる者は少ないかもしれないな」

「そうだな。猿と豚と河童が供をしたなどと、人は信じまいな」

＊　＊

明日はもう都に着く。こうして四人で眠るのも最後の夜だ。孫悟空は、野宿の焚き火の番をしていた。都近くといえど、野犬も夜盗も妖怪も、出ないとは限らない。そこで交代で火の番をしているのだ。

三蔵一行は天竺よりありがたい経を運んで来た。天竺は思いのほか遠く、道は険しく、行く先々で悪い妖怪に襲われ、難儀した。だが、心温まる人々との交流も、数多くあった。よくもこの長い時を、四人無事に過ごして帰って来られたものだ。それもこれも三蔵の為、経を守ると言いつつ、実はその経を守る、三蔵を守りたかったからだ。それは、猪八戒も、沙悟浄も同じ気持ちだったに違いない。

孫悟空は、安心して眠っている三蔵の白い横顔に見入っていた。

「お師匠さん……」

孫悟空は三蔵に近づき、その寝顔を間近にすると、ゆっくりと自分の顔を近づけた。三蔵の唇と自分の唇が、ふれそうなほど近づいた。顔中から汗が吹き出し、その汗が三蔵の顔に落ちていきそうだ。

孫悟空はしばらくそのまま、三蔵を見つめていたが、やがて弾かれたように顔を離した。

「できない。今夜が最後なのに……俺には、できない」

孫悟空は三蔵に背を向けていたが、首をまわして再び三蔵の白い寝顔を見た。その目からは、涙が流れていた。

(明日は決して泣かない。石猿が泣いたら、かっこうがつかない。あの豚も河童も笑うだろう。だから、お師匠さんも泣かないでくれ。笑って別れよう。きっと、笑って別れよう)

「おまえ、玄奘に惚れてたんじゃないのか」

「な、何を言い出すんだ！」

　ハヌマーンは赤ら顔をますます赤くして、觔斗雲をつかんで顔を埋めた。

「よく我慢したな。いくら金箍児が頭についていたとはいえ、力はおまえが上だ。経を読む口をふさぐこともできたろうに」

「よしてくれ。お師匠さんを汚すようなことを言うのは。あの人は、汚れちゃいけない人なんだ。あの人は美しいままでずっといなくちゃいけない」

「本当に大切に想っていたんだな。……良かったな、ハヌマーン。そんな大切な人間と出会えて。誰もが人間界に降りる時があるが、皆一様に大切に思える者と出会っている。それは必ずしも色恋と結びつくものではないが、友情であったり、幼い子供との交流であったり、切れない縁を結んで帰ってくる。おまえには友達もできただろう」

　ハヌマーンの目に、また青い空が映った。

「あぁ、できた。豚と河童だがな。奴らも自分の生まれた場所に帰って、元気でやっているんだろうな」

　トンニャンが黙ってうなずいた。

「ついさっきまで一緒にいたのに、もう懐かしい。天蓬元帥猪八戒、捲簾大将沙悟浄。

そして、玄奘三蔵……お師匠さん」

最後の言葉をつぶやくように言った時には、トンニャンの姿は見えなくなっていた。

目覚めた時、トンニャンはどうしてハヌマーンの傍らにいたのだろう。トンニャンとは、おそらく初めて会った。だが、ひと目でトンニャンとわかった。彼(彼女?)は神々の間でも、何の位置づけもない。だが、知らない者は誰もいないし、初めて会ってもトンニャンだとわかる。

「不思議な奴だな」

ハヌマーンは、今度は立ち上がって空を仰いだ。

やがて、『西遊記』という、のちのロールプレイングゲームの原型となるべき話が書かれると、孫悟空は世界中から愛されるヒーローの一人となってゆく。

「懐かしいな。お師匠さんと旅したこと。お師匠さんは子孫は残さなかったが、その血筋の者は今も生きているはずだ。お師匠さんに似ているんだろうか」

ハヌマーンは遠い昔に思いをはせていた。

「独り言か、ハヌマーン」

突然後ろから声がした。

「久しいな、ハヌマーン」

ハヌマーンは首を回して後ろを見た。

「インドラ……か？　どうしたんだ。まさか、俺を訪ねてきたんじゃないだろうな」

「そのまさかだ。探したぞ。相変わらず、一つところにいない奴だ。何日もかかったぞ。クリスタルにも映らないし。何の術を使っているんだ？」

ハヌマーンはゆっくりと振り返ると、警戒するように後ずさった。

「なんだ、ハヌマーン。わたしがおまえに何かしたか？　何もした覚えはないぞ。そう警戒することもあるまい」

「いや、何もしていないから気になる。なぜ俺を探していたんだ？　おまえが俺を探す理由などないだろう。どういうことだ、インドラ」

インドラはその場に座り込み、手持ちの武器になりそうなものを、すべてハヌマーンに向かって放り投げた。

「なんのつもりだ。俺をからかっているのか？」

「他意がないことを証明しただけだ。わたしがハヌマーンを探していたのは話があったからだ。できれば、ほかの者にはまだ聞かれたくない。だから、おまえを傷つけそうな物を手放したんだ」

ハヌマーンは足元に転がっているインドラの剣らに足をかけると、湖のほうに転がした。インドラはそれを眺めながら、あぐらをかいた膝に片手をついてふーっと息をついた。

「その剣は気に入っているのだぞ。もっと大切に扱えよ」

ハヌマーンはそのままの位置で腰を下ろすと、インドラと対峙するように、あぐらをかいた。


「インドラ、用件を聞こう」

インドラは頭を振った。

「ほかに聞かれたくないと言っただろう。この距離では遠すぎる。もっと近くで話したい」

ハヌマーンは觔斗雲にひじをつきながら、顎を上げるようにしてインドラを横目で見た。

「近くだと？　どうして俺がおまえを信じられる？　近くになぞ、行けるものか」

「……なぜだ？」

ハヌマーンは、ふんっと鼻を鳴らすと皮肉な笑いを浮かべた。

「俺を誰だと思っている。猿神ハヌマーンだぞ。おまえ、俺が昔ヴィシュヌの化身・ラーマ王子と共に、さらわれたシータ姫を助けたことを知らぬとは言わせぬぞ」

「……それは、知っているが。それが何だと言うのだ。ヴィシュヌが人間として生まれ、その人生を歩んだ話は、それ一つではあるまい」

「ほかの化身の話などしていない。俺が言いたいのはラーマ王子の話だ。ランカー島にさらわれたシータ姫を助けに行ったが、最初は魔王に負けてしまう。だが、ラーマ王子と俺は、猿たちが身体をつないで作った橋を渡り、再びシータ姫を助けに行くのだ。……この話、何かに似ていないか？」

インドラの顔が初めて曇った。

「インドラ、アスラの姫とうまくいっているそうじゃないか。幸せなことだな」

インドラは唇を歪め、額にしわを寄せてうつむいた。

「さらわれた姫を助けようと、おまえに殺されても何度も蘇ったアシュラが悪で、姫を奪ったおまえが善だと？　では、シータ姫を助けたラーマ王子と俺は悪で、シータ姫をさらった魔王が善だったのか？」


「少し前のこと」

インドラが急に別の話を始めた。ハヌマーンは、インドラの意図がつかめず、顔を歪めた。

「トンニャンとアシュラが、突然トウ利天に現れた」

「トンニャンとアシュラが？　二人一緒にか？」

インドラはうなずいた。

「アシュラは、まるでわたしとのことが何もなかったかのように、明るく昔の友のように話してくれた。そして……」

「そして……？」

「姫に、会っていくか、と聞いたが、会わずに行くと言ったのだ」

インドラも、ハヌマーンもしばし黙って時が過ぎた。

「わたしは姫に、アシュラが来たことを言えなかった。なのに、勘のいい姫は、わたしの心を見抜いた。そして、姫もアシュラに会わなくてもいいと言った」

　インドラは一度言葉を切り、再び口を開いた。

「トンニャンには、姫が幸せであればそれでいいのだと言われた。だからと言って、自分を正当化するつもりはない。おまえの言うとおり、わたしは、その魔王と同じだ。自分でもよくわかっている。あの、姫をさらった時から、ずっと……ずっと……わかっていて、でも止められなかった。姫を愛する気持ちはアシュラに負けない。それだけは本当だ」

「……インドラ、俺にはアシュラの気持ちも、姫の気持ちもよくわからん。まして、トンニャンが言っていることなど……」

　そこまで言って、ハヌマーンは玄奘三蔵を思い出した。お師匠さんなら、何と言うだろう。あのありがたい、大乗・小乗のたくさんの経を運び、そのすべてを学んだお師匠さんなら、何と言うのだろう。

〈――悟空、とらわれてはなりません。一つのことにとらわれると、本質が見えなくなります。真実は一つですが、その一つには様々な側面があるのです。その一つ一つの側面から見て、その真実の本質を見極めなければなりません。すべての側面を正しく理解した時こそ真実が見え、それが真理へとつながってゆくのです。仏はいつもあなたの心の中にいますよ。そして、わたしも……〉

「お師匠さん！　そこにいるんでしょ？　出てきてください。顔を見せてください。俺です。齊天大聖孫悟空です。お師匠さん！　お師匠さん！」

「しっかりしろ！　ハヌマーン、どうしたのだ！」

気がつくと、ハヌマーンはインドラに身体を支えられていた。

「インドラ……。俺は？」

「突然倒れて気を失ったようだったぞ。急なことで驚いた。それから、うわごとのように『おっしょさん』とか言っていたようだが、何のことだ？　夢でも見ていたのか？」

ハヌマーンは身体を起こすと、周りを見回した。

「夢？　いや……」

そうじゃない。俺は間違いなくお師匠さんの声を聞いた。お師匠さんは、俺のそばにいる。そして俺を見ていてくれる。

「インドラ、話を聞こう」

「え？　急にどうしたのだ？　それに、身体は大丈夫なのか？」

「あぁ。……すまなかったな」

「……」

「おまえたちの問題に口を出すべきではなかった。俺には、まだわからないこともあるが、おまえたちが皆納得しているのだから、俺がとやかく言うべきではなかった。すまなかった」

「ハヌマーン……」

ハヌマーンは、先ほど湖に向けて転がしたインドラの剣らを拾って、インドラに返した。

「いいのか？」

「おまえが俺を殺しに来たとは思えんからな」

（これでいいんですよね、お師匠さん）

ハヌマーンは腰を落とすと、あぐらをかいてインドラを見据えた。

シッタルタ

「シッタルタよ、今は瞑想の邪魔か？」

シッタルタは、蓮池のそばで瞑想していた。日々瞑想するのが、シッタルタの日課になっていた。

その瞑想中に、珍しい客が現れたのだ。シッタルタは、瞑想を途中でやめ、ゆっくりと目を開けた。

あぐらをかき、手を膝の上で組んだままのシッタルタの目の前に、すらりと伸びた二本の足が映る。シッタルタは顔を上げてその足の主の顔を見上げた。

「ハヌマーンか？」

【シッタルタ（釈迦牟尼・仏陀）】

仏法の開祖であり、釈迦族の王子としてインド北部（現ネパール）のルンビニーで生まれた。

釈迦族の聖者という意味の「シャーキャムニ」が「釈迦牟尼」。「目覚めた人」という意味の「仏陀」とも呼ばれる。生没年ははっきりせず、紀元前6～5世紀、あるいは、5～4世紀といわれる。

二十九歳の時、出家する。様々な苦難や修行の末、三十五歳で悟り（真理）を開き、その悟りを多くの人々に説いてまわった。

「生まれた者はいつかは死ぬ」「すべてのものは支えあって生きている」「この世の道理にしたがって、初めて安らぎの世界が来る」など、泣いている弟子に言葉を残し、八十歳で入滅する。


シッタルタがその名を口にすると、ハヌマーンはそのままシッタルタの周りを回るように、歩き始めた。

「聞きたいことがあって来た」

シッタルタは微動だにせずに、黙ってハヌマーンの言葉を聞いている。

「俺が、ヴィシュヌの化身・ラーマ王子と共に、シータ姫を助けた話を知っているだろう」

ハヌマーンの眼には蓮池の白い蓮の花が映っている。シッタルタが、よく歩く蓮の葉。そこからいつも、人の世を見つめているシッタルタ。そのシッタルタと、いつも共にある蓮。


「インドラと、アスラの姫の話？」

シッタルタが初めて口を開いた時、ハヌマーンはシッタルタの後ろに立っていた。

「俺にはよくわからないのだ。なぜ、インドラが善で、アシュラが悪なのか」

「……玄奘の声が聞こえたのか？」

シッタルタは確かめるように、ハヌマーンの話した言葉を繰り返した。

「……お師匠さんが、心の中に仏がいると、そして自分も俺の心の中にいると言っていた」

シッタルタはスッと立ち上がると、蓮池に足を踏み入れた。そして蓮の葉の上をすべるように歩くと、ハヌマーンに背を向けたまま目を落とした。

「ハヌマーン、こんな話を知っているか？」

シッタルタは蓮の葉の上に立って、いつものように人間界を見つめている。

「人の世の物語の話だ」

ハヌマーンは蓮池のほとりで、シッタルタの言葉に耳を傾けた。

「ある男女が婚約していた。ところが女は、突然彼以外の男と恋に落ちる。しかし、女は愛する男との未来を諦め、初めから決まっていた婚約者との結婚式に臨むのだ。

ハヌマーン、この話、最後はどうなると思う？」

ハヌマーンは、首をかしげながら腕を組んだ。

「最後って、もとのサヤに納まって……終わりじゃないのか？」

シッタルタは微笑みながらかぶりを振った。

「結婚式の最中に、愛する男が教会の窓を叩く。そして教会に入り込むと、女を連れて逃げるのだ」

「そんな！　それじゃあ婚約者はどうなる？　その男も女も、神の教えに背いた裏切り者じゃないか」

「そう思うか？」

「人々は、逃げた男女に拍手喝采したのだ。本当に愛し合う者同士が結ばれることを、喜びとしたのだ」

「愛し合う者同士?」

「そう。愛し合う者同士」

蓮池を歩きながら、シッタルタはハヌマーンの目の前を行ったり来たりしている。そして、時々かがんで人間界を覗くように見ては、微笑んでいる。

「納得できないか?　ハヌマーン」

「もしも、だが……。もしも、その婚約者が女を諦めきれず、その男女の愛の巣まで訪ねて行ったとしよう。訪ねるだけならまだいい。その、元婚約者が、嫌がらせをしたり、ストーカーのように女を追い回したら、人はどう考える?」

「そ……それは……。未練がましいとか、男らしくないとか」

シッタルタは、蓮池の水をすくうように誘うと、その中をまた覗き込んでいる。

「そうであろうな。愛とは残酷なものだ。男も、元婚約者も、同様に女を愛しているのに、女は一人の男しか選べない。選ばれた者との愛しか育めない。選ばれなかった者は、どんなにつらくとも、諦めねばならないのだ」

ハヌマーンが突然立ち上がった。

「……そういうことか、シッタルタ！」

「そういうことだ、ハヌマーン」

「お師匠さんの言いたかったことも、そういうことなんだな？」

シッタルタは、ただ微笑んでハヌマーンを見つめている。

「……もう一つ聞いていいか？」

シッタルタは静かにうなずいた。

「俺はお師匠さんと長い旅をして、ありがたい経を中国まで運んだ。だが、運んだ手伝いをしただけで、実際のその経を読んではいない。その経こそが、シッタルタの教えなのだろう？」

シッタルタはかがんだまま、少し困ったように首をかしげた。

「そうだ、とも言えるが、そうだ、とも言えない」

「どういうことだ？」

「私は、釈迦族の王子としてルンビニーで生まれた。妻も子もあった」

シッタルタは立ち上がると、遠い眼をして虚空を見つめた。

料金受取人払郵便

新宿局承認

3970

差出有効期間
2022年7月
31日まで

（切手不要）

郵便はがき

1 6 0-8 7 9 1

1 4 1

東京都新宿区新宿1－10－1

(株)文芸社

愛読者カード係 行

ふりがな お名前			明治 大正 昭和 平成 年生 歳	
ふりがな ご住所	□□□-□□□□		性別 男・女	
お電話 番 号	（書籍ご注文の際に必要です）	ご職業		
E-mail				
ご購読雑誌（複数可）			ご購読新聞 新聞	

最近読んでおもしろかった本や今後、とりあげてほしいテーマをお教えください。

ご自分の研究成果や経験、お考え等を出版してみたいというお気持ちはありますか。

ある　　ない　　内容・テーマ（　　　　　　　　　　　　）

現在完成した作品をお持ちですか。

ある　　ない　　ジャンル・原稿量（　　　　　　　　　　　　）

書　名			
お買上 書　店	都道　　　　　市区 府県　　　　　郡	書店名	書店
		ご購入日	年　　月　　日

本書をどこでお知りになりましたか?

1.書店店頭　2.知人にすすめられて　3.インターネット(サイト名　　　　)

4.DMハガキ　5.広告、記事を見て(新聞、雑誌名　　　　)

上の質問に関連して、ご購入の決め手となったのは?

1.タイトル　2.著者　3.内容　4.カバーデザイン　5.帯

その他ご自由にお書きください。

(　　　　)

本書についてのご意見、ご感想をお聞かせください。

①内容について

②カバー、タイトル、帯について

弊社Webサイトからもご意見、ご感想をお寄せいただけます。

ご協力ありがとうございました。

※お寄せいただいたご意見、ご感想は新聞広告等で匿名にて使わせていただくことがあります。

※お客様の個人情報は、小社からの連絡のみに使用します。社外に提供することは一切ありません。

■書籍のご注文は、お近くの書店または、ブックサービス(0120-29-9625)、セブンネットショッピング(http://7net.omni7.jp/)にお申し込み下さい。

「王宮には東西南北四つの門があった。ある時、東の門で年老いて衰えた老人を見た。次の日は南の門で病人を、また次の日は西の門から死者を運ぶ行列を見た。そして四日目に北の門で修行僧に出会った。『生・老・病・死』、人には避けられないものばかり。わたしはその後、王宮を出て出家したのだ」

　シッタルタは続けた。

「出家後、厳しい修行に臨んだが、いくら苦行しても悟りは得られなかった。スジャータという娘の粥で体力を回復してから、菩提樹の下で考えている間、悪魔に様々な誘惑を受けた。それに打ち勝って悟り（真理）を開き、四十五年間布教したのだ。だがな、ハヌマーン」

　シッタルタは一呼吸置いた。

「わたしは、もともとネパールの生まれ。サンスクリット語を話していない。しかも、わたしは何も書き残さなかった。おそらく伝承されたものが、わたしの死後何百年もたってサンスクリット語で経の形になった時に、多少ニュアンスは違ってしまっただろう」

「では、お師匠さんが運んだ経は、シッタルタの教えではないと？」

「そうは言ってない。多少違っているかもしれない、と言っているのだ」

シッタルタが蓮池から上がり、ハヌマーンの横に座った。

「伝言ゲームではないが、口伝えは、多少内容が変わっても仕方がない。しかも、玄奘が来た時は大乗・小乗、二つの教えに分かれていた。それらが、それぞれ、いくつかの国に伝わると、インドでは仏法は完全に消滅した」

「消滅？　だが、インドには、たくさんの宗教と共に仏法はあるぞ」

シッタルタは静かに首を横に振った。

「八世紀に消滅した仏法が、再びインドに芽生えるのは、十八世紀頃だ。しかも外国からの逆輸入で、もともとのわたしの教えを伝えたものではない。……だからと言って、すべてが間違っているわけではないのだ」

「仏像というのは仏の像だが、本来仏は形がなく、それぞれの人の心の中に存在している。またそれは、わたしをかたどったものだとも言われるが、わたしは一度として、自分の姿を形にして拝めと言ったことはないのだ」

「……偶像崇拝か……」

シッタルタは、それでもまだ微笑みながら、ゆっくりと首を横に振った。

「人は弱いものだ。生まれた限りは死ななければならない。その死の影から逃れる術が、何かにすがりたい、形あるものに手を合わせたいと思うなら、それで心が晴れて、明るく人に優しくできて、楽しく生きられるなら、それはそれで良いのではないだろうか」

しばしの沈黙のあと、思い出したようにシッタルタは言った。

「玄奘の声が聞こえたと言ったたな？」

そして瞑想するように手を前で組み、座禅の形になった。ハヌマーンは、不思議そうにシッタルタを見ていたが、シッタルタに向き合うように座りなおし、自らもシッタルタにならうように、座禅の形で手を組み直した。

「おまえは経は読んでいないが、旅の中で玄奘から仏法の教えを、その都度説かれたはずだ」

「……玄奘自身はすでに何度も転生している」

「転生……」

「そう、人は必ず後の世に転生する。人だけではない。死とともに様々な動物に転生し、その転生を繰り返す。それが輪廻転生だ」

「では……俺が聞いた声は……」

「その玄奘の声は、おまえの心の中にいる、玄奘だ。おまえの心の奥底には、玄奘の教えが生きているということだ」

ハヌマーンは突然立ち上がると、落ち着かないように、シッタルタの前を歩き回った。

「信じたくないかもしれない。だが、忘れなければ死んだ者が心の中で生きている、という言葉があるだろう。玄奘はおまえの心の中で、いつまでも生きている、そして玄奘の教えも……」

「お師匠さん……お師匠さ〜ん！」

ハヌマーンは、蓮池の向こうの空に向かって叫んだ。ほんの少し、目のふちが濡れているようだった。


「では聞くが、シッタルタ」

ハヌマーンは、またシッタルタのそばに来て、向かい合ってあぐらをかいた。

「シッタルタも人だろう？　なぜ転生せず、ここにいる？　ここからいつも、人の世を見ているのだ？　それこそ仏の姿で、人がシッタルタを仏と思っても仕方がないのではないか？」

シッタルタは、また微笑みながら右手の指を顎にあてた。その姿は、座した弥勒菩薩か、如意輪観音の姿と重なる。人々がアルカイックスマイルと呼ぶ微笑みだ。

「なぜだろうな？」

「え？」

＊　　＊

シッタルタは、入滅した時、暗い闇にとらわれるような感覚に襲われた。

（これが死か）

黙って闇に身を任せると、やがて小さな光が見えてきて長いトンネルを抜けるように、大きな光の中に吸い込まれていった。

「シッタルタよ、己の姿を見るがよい」

どこからか、誰かの声が聞こえた。気がつくと、悟り（真理）を開いた時と同じくらいの若い自分の姿になっており、宙に浮いていた。

声はさらにシッタルタに語りかけた。

「シッタルタ、下を見てみよ」

シッタルタが目を落とすと、そこには人、獣、鳥、爬虫類、魚、昆虫などが、一本の道のように並んでいるのが見えた。

「シッタルタ、これが輪廻転生。おまえの悠久の世まで決まっている、転生してゆく姿だ」

(わたしの転生の姿……)

シッタルタは少しかがむようにして、その生ける者たちの道を眺めた。

「シッタルタ、おまえは人の世で、人が生きるべき道を説いた。転生すれば、人ではないものにもなる。かつての自分を忘れてしまうかもしれない」

シッタルタは声に答えるように、つぶやいた。

(わたしも人。ならば輪廻転生に従って生きよう)

「人の世の摂理に従うと……」

シッタルタは、右手の指を顎にあてて微笑んだ。

(気がついたら、蓮池に立っていた。蓮の葉の隙間から水を覗くと、人の世が見えた。

そして、また、あの声が聞こえたのだ）

「シッタルタよ、その蓮池で、おまえの慈しんだ人間たちを見守るがよい。この先ずっと、人の心の支えとなるのだ」

＊　＊

「その声は何だったんだ？」

「わからない。だが、わたしはこうしてここにいる。そして人の世を見ている。人の世に偶然はなく、すべては必然だ。すべてが繋がっていて、本来、善も悪もない。善も悪も、見方を変えると、真逆になってしまうこともある」

「……お師匠さんが言っていたことか。真実は一つだが、真実には様々な側面があり、それらすべてを見て、初めて真実に、真理に繋がると」

シッタルタは、微笑を浮かべたまままうなずいた。

「そうだな、例えれば……。険しい山があるとしよう。頂上には真理がある。実はな、ハヌマーン。すべての宗教、いや、哲学、スピリチュアル……ある意味、ホロスコープや様々な占いなども、哲学から生まれた心理学も、それらのいわゆる思想学の線上にあるものすべてが、この真理に向かって山を登っているようなものなのだ」

「真理の山？」

「そう。ただし、皆登っている道が違うのだ。その方向も、険しさも、すべてが違うのだ。真っすぐ登っているものはいないだろうな。おそらく、迷いながら苦しみながら登っているほうが多いだろうな」

ハヌマーンは首をかしげた。

「おまえの話を聞いていると、まるですべての宗教や、その……思想学とかいうものは、皆同じものに聞こえるぞ」

シッタルタは、またアルカイックスマイルを浮かべた。

「そのとおりだ、ハヌマーン。すべては繋がっていると言っただろう。それらの思想学も、道は違えども、すべては真理に向かっているという意味において、同じなのだ」

「だが……人の世は乱れているぞ。シッタルタはいつも見ているのだろう？」

シッタルタはゆっくりと何度も首を縦に振った。

「見ている。毎日、見ている」

シッタルタは、また蓮池に降り立つと、人の世に目を落とした。

「この乱れた人の世に、救いはあるのか？」

ハヌマーンは蓮池のふちから、シッタルタに声をかける。

「もちろんだ。人は必ずあやまちに気づき、いつかすべての思想学の線上にあるものが一つになり、本当の真理に近づくのだ」

「信じているのだな？」

シッタルタは、ハヌマーンにその微笑で答えた。

「人の世の慈悲の心。この慈悲こそがすべての人をささえ、救うのだ。ハヌマーンが、玄奘を慈しんでいるようにな」

「お……俺は別に……」

「隠すな。顔に書いてある。人が人を慈しむ限り、人の世は終わらぬ。慈しみ、慈しまれ、その慈悲ですべての人々が繋がってゆく。親子・兄弟・友人・隣人……。慈しみとは男女間に限らぬのだぞ」

「そ……そんなこと、言われなくたって……」

「わかっているか？　ならば、慈悲の心がある限り、人はいずれ争いをやめるだろう。すべてが繋がっているのだから」

シッタルタは優しいまなざしで、遠い空の向こうを見つめている。


ハヌマーンは、迷っていた。しかし、シッタルタと話せば話すほど、黙ってはいられなくなった。ハヌマーンが、インドラの話を聞いてから、最初に会いたいと思ったのがシッタルタだった。シッタルタの言うようにすべてが必然なら、こうしてハヌマーンが来たことも、決められていたのかもしれない。

「シッタルタ、ほかにも話があって来た。実は……」


「トンニャンとアシュラがトウ利天に？」

ずっと微笑み続けていたシッタルタの額に、初めて深いしわが刻まれた。

ゾウの神様　ガネーシャ（歓喜天《かんぎてん》）

アシュラは、高い塔の上の大きな窓の外に立ち、足元に広がる雲海を見つめていた。

「チッ、まだ終わんないのかなあ?」

チラッと窓を覗き、アシュラはすぐに目を背けた。……後悔した、覗いたことを。

自然と大きなため息がもれ、頭をかきながら、また雲海に目を移した。


【ゾウの神様　ガネーシャ（聖天《しょうてん》・歓喜天）】

インドの神ガネーシャは、破壊神シヴァの妻のパールヴァーティが自分の垢から作り命を与えた。パールヴァーティが入浴中に誰も家に入れないよう命じると、ガネーシャは家の前で番を始めた。

そこにシヴァが帰ってきたが、ガネーシャはシヴァを知らず、シヴァもガネーシャを

知らない。家に入れない強情な子供の首を、シヴァは剣でハネ飛ばしてしまう。

入浴から上がったパールヴァーティは、変わり果てた首のない息子の姿を悲しみ、夫を責めた。そこでシヴァは、最初に通った動物の首を息子に与えると約束する。こうして、最初に通ったゾウの首を与えられたガネーシャは、インドで最も愛される神となる。

仏法では、聖天または歓喜天と呼ばれる。

また、ガネーシャの像は秘仏といわれ、なかなか目にすることができないというが……。


ガネーシャは、しびれるような充足感の中、分裂した身体が一つになっていくのを感じていた。高揚感はまどろみを誘い、ベッドに投げ出された身体は、この上ない快楽の代償に汗ばみ、しかし起き上がる気にはなれず、そのまま眠りに入ろうとしている。

コンコン。と、音がする。気のせいか？

コンコン。窓……か？

「アシュラ⁉」

ガネーシャは飛び起きた。窓から、アシュラの顔が半分見えた。

アシュラは、決まり悪そうにうつむきかげんで、窓を開いた。

「ア……アシュラ、いつからそこに？」

部屋の中に足を踏み入れたアシュラは、まだ口を開けずにいる。

「見たな？」

「……見てないよ」

「見てないって？　本当に見てないなら、『見てない』なんて、言うもんか。覗いてたんだな」

「バ……バカ言うな。興味ないよ、ゾウの交尾なんか……！」

アシュラの顔に、ガネーシャの大きな枕が飛んできた。

「やっぱり見てたんじゃないか！」

「ガネーシャ、落ち着け。悪かった、俺が悪かったから。でも、信じてくれ、覗いていたわけじゃない。おまえに用があって来たんだ。そしたら、取り込み中だったみたいで……」

アシュラの元に、今度はベッド脇に置いてある、ルームランプが飛んできた。

「おい、あぶないじゃないか。怪我するだろう」

アシュラはルームランプがかすった頬にふれながら、見事に壊れたそれに目を落とした。


「本当に覗いていたわけじゃないんだ。俺は、ずっと外で待ってたんだ！」

「待ってた？　何を？」

「何をって、その、事が済むのを。……よせ！　ガネーシャ！」

アシュラはベッドにいるガネーシャに飛びつき、その腕を押さえた。ガネーシャの手にはゾウのブロンズ像が握られている。

「ガネーシャ、俺を殺す気か？　とにかく、それを置けよ」

ガネーシャは、アシュラをにらみながら、ゆっくりとブロンズ像をベッドの脇の棚に戻す。

「何度も言わすな。ほんとに覗いてなんかいない。見てない。外で待ってただけだ。俺には覗きの趣味はない。言っただろう、ゾウの交……」

「交尾って言うな！」

「や、悪かった。つい、その、悪かったよ」

「交尾なんて言ったら、おまえ、僕の信者に殺されるからな」

「う……ん。まぁ、インドじゃ、俺は悪魔だからな。そうでなくとも、殺されるような気はするが」

「まだ、言うか!?」

ガネーシャが、またブロンズ像に手を伸ばそうとする。

「わ、わかったよ。わかったから」

ガネーシャは、少し落ち着いてきたのか、ブロンズ像から手を離すと、彼の手をつかんでいるアシュラを振り払った。

「シャワー浴びてくるよ。何か、用があるんだろ。少し、待ってろ」

ガネーシャをシャワー室に見送ると、アシュラはベッドのそばの椅子に座った。

「参ったなあ、あの秘仏の本物を見ちまうとはなあ」

ガネーシャの像は秘仏といわれ、信者でもめったにお目にかかれないことが多い。

それは、その像が、男女二人のガネーシャの姿になっていて、抱き合っているからだ。その性的イメージの露骨さから、その多くは秘仏となっているらしい。

「男女の性が変わることがあっても、分裂して男女になり、まして自分自身と愛し合うのは、神々でもガネーシャくらいか」

アシュラはまた、ため息をついた。

「兄弟姉妹の近親相姦や父子、母子相姦は、神々の間じゃ当たり前のことだが、あいつは特別だな」


「何が特別なんだ？」

ガネーシャがシャワーを浴び終えて、着替えて出てきた。

「え？　何？　そんなこと、言ったかな」

ガネーシャは険しい顔をして、アシュラの向かい側にある椅子に座った。アシュラは気まずそうにうつむき、その目はあちこちに泳ぎ、落ち着かない。

「アシュラ、そのインドの悪魔が、何しに来たんだ？」

アシュラは、頭をポリポリとかくと、手持ちぶさたのようにテーブルにひじをつき、また自分の結い上げられた髪に触れた。

「アシュラ、さっきは僕も動転してた。ちょっと言い過ぎたよ。……何も用がなくて、遊びに来たわけじゃないよね？」

アシュラはちらりとガネーシャを見て、ふーっと息を吐いた。

「すまなかったな」

「もういいよ。わざとじゃないんだ。たまたまだろ？　よく考えればわかることだった。僕も、頭に血が上ってたんだ。もう、気にするな。それより、話があるんだろ。聞くよ」

アシュラは椅子から立ち上がると、窓に目を移した。さっき、アシュラが立っていた窓の内側から、また雲海が見える。

「ガネーシャ、最近、その……、念を感じなかったか？」

「念？　誰の？」

アシュラは窓に手を置き、指でその表面をなぞっている。

「世界中に念が飛んでいるのを感じないか？」

「世界中に？」

「……まぁ、天上界と魔界には、拾えないように工夫しているようだが……」

「ハッキリ言えよ、アシュラ」

「だから、その……、ヨーロッパやエジプトや世界中に神々が散らばっているだろう？　世界宗教と呼ばれるものがいくら大きくなっても、もともとの神々は死んではいない。一人でも、信ずる者がいる限り、神々は生き続けている。そうだろ？」

「何が言いたい？」

アシュラはまだ窓をなぞるのをやめない。雲海の色も深く濃くなってきたようだ。

「日本という国を覚えているか？」

「ああ、最大の仏法の国だったな。でも、ずいぶん前に日本民族は滅びたよな」

「うん、そうなんだけど。日本人が滅亡したから、日本という国はなくなった。だが、世界機構が保護を申請して、日本の文化は今も残っている。浅草の帝釈天（インドラ）はもちろん、奈良や京都の寺々や仏像などの芸術品は、すべて世界遺産として管理されている。相変わらず温泉も豊かだ。各地の観光地は、目の色、肌の色こそ日本人には程遠いが、他国の人々が経営を任され、毎年世界中から観光客を迎えている」

「国は滅びても文化ありか。日本人の心は生きているわけだ」

「神社も残っているぞ。海外で血筋を残した日本人の中には、まだ神棚を祀っている者も多いと聞く。日本の八百万《やおよろず》の神も、信仰する者がいる限り、残っているはずだ」

「日本といえば、興福寺の阿修羅像、あれ、アシュラにそっくりだよね」

「不思議とな。インドでは恐ろしい鬼のような悪魔の像ばかりだが、興福寺の阿修羅像は、永遠の少年だからな」

「まさに、そのとおりじゃないか。……仏師にイメージを見せたのか？」

「俺が？　まさか……」

そう言ってから、アシュラははたと窓をなぞる指を止めた。

(仏師にイメージを見せる？　言われるまで気づかなかった。まさかな。まさか、本当に見せたんじゃないよな)

「アシュラ、おまえじゃなくても、見せられる奴がいるんじゃないか？」

「……誰のことだ？」

「いいよ。わかんないふりしてろよ。そんなことより、日本が何だって？」

「え？　ああ、それでだ。おまえも、いや、おまえだけじゃない。ガネーシャは歓喜天、シヴァは大黒天、ヴィシュヌは毘紐天《びちゅうてん》。仏法の神々にも列せられている。日本じゃ、それらを信仰していた者も少なくなかった。つまりだ、おまえたちは、インドの神であり、仏法の神であるわけだ」

ガネーシャは首をすくめてフッと息をついた。

「回りくどいよな。念の話から、なんでそこまで話がいくんだ?」

「その念は、天上界と魔界以外、その日本の八百万の神も、世界の神々も、そして僕たちにも届いているはずなんだろ?」

ガネーシャは首を動かして、立っているアシュラに目を向けた。

「アシュラ、座ったら? ずっと立って待ってたんだろ?」

アシュラはガネーシャに促されて、またガネーシャの向かい側に座った。

「来てるよ、念」

「やっぱり」

「来てるけど、難しいところだな」

「やっぱり……」

「アシュラの言うように、確かに僕らは仏法でも神に列せられている。でも、僕はまだ、いいとしても、父上やヴィシュヌはどうかな?」

「だろうな、そう思って来てみたんだ」

「僕を説得して、ついでに父上やヴィシュヌも……って？」

アシュラは少し唇を歪めたが、小さく首を揺らしてうなずいた。

「甘いな」

ガネーシャに言われて、アシュラは片ひじをテーブルについて、その手で額をささえた。

「『考える人』か？」

「からかうなよ、ほんとに考えてるんだ」

「ねえ、あの念の内容、ほんとなの？」

「嘘ついてどうするよ」

「また来るのか……。神々の力がどれほど人を救う助けになるのか、わからないけど。問題は、それ以前だね」

「僕は自分を信仰してくれる人々は絶対に裏切らないよ。これは他の宗教の神々だって同じじゃないかな。インドでいくら僕の人気が高いといっても、実際はシヴァ派・ヴィシュヌ派と呼ばれるほど、インドの根源は、二つに分かれているといってもいい。

もちろん、ハヌマーンを信仰する者もいるし、スカンダ（韋駄天）やアグニ（火天）も健在だ。でも、父上……シヴァと、ヴィシュヌが一番人気だからな。だから」

「だから、シヴァも、ヴィシュヌも自分を信仰する者たちだけは裏切れない」

「アシュラ、問題は父上とヴィシュヌに、念のメッセージに耳を傾けさせることができるかどうか、じゃないのか？」

ガネーシャは長い鼻を撫でるように手に絡ませていたが、その鼻をアシュラの肩にそっと置いた。

「アシュラ、自分の過去を都合よく作り変えてないよね？」

「過去？」

「思い出してごらんよ。自分のしてきたこと」

＊　　＊

「インドラ」

アシュラとの戦いのさなか、陣でしばし休んでいたインドラの前に、力強い神が降り立った。

「ヴィシュヌ、シヴァ。どうして？」

それは最高神ヴィシュヌと破壊神シヴァだった。

「加勢に来た」

「加勢？　わたしに？」

インドラは二人に背を向け、首をうなだれた。

「何を血迷っている。これは私怨。私事の戦いだ。おまえたちに加勢されるいわれはない」

ふん、と鼻を鳴らす音が聞こえた。

「加勢されるいわれはない、だとよ、ヴィシュヌ」

「シヴァ、よせ。わたしが話をする」

ヴィシュヌはインドラのその背に、話しかける。

「インドラ、創造神ブラフマーからの要請だ。おまえたちの戦いはすでに私怨ではない。何度も蘇るアスラ一族との戦いだ。阿修羅王はすでに正義の神ではないぞ」

インドラは背を向けたまま、うなだれた首を上げた。

「アシュラは、もう自分が何者かわかっていない。いや、訳がわからなくなっている、といっていいだろう。あれは鬼だ。悪鬼だ」

インドラの拳は震えている。

「ヴィシュヌ、もし、アシュラがすでに鬼であるならば、そうさせたのは、誰あろう、わたしだ……」

また、鼻を鳴らす音が聞こえた。

「おい、ヴィシュヌ。インドラも焼きが回ったな。周りが見えなくなっている」

「シヴァの言うとおりだぞ、インドラ。この戦いは我々神々の世界を長く乱している ばかりでなく、我々が守るべき人間界にも影響を及ぼしている」

「人間界だって?」

インドラが振り返った。

「人を守るべき神が、戦いに興じてどうする? いや、もちろん、時には必要な戦いもあるかもしれない。だが、アシュラとの戦いは長すぎる。この乱れは、止めなければいけない」

「乱れを止める……」

「そうだ。なぜブラフマー自らが、わたしとシヴァをここに寄越したと思う?」

「………」

「ブラフマーが、インドラを善と認めたからだ。いいか、アシュラは、もう神ではない。アスラ一族は神の一族ではない。奴らは悪魔だ。我々が一掃すべき鬼となったのだ」

「アシュラが、鬼に……」

「そう、悪鬼阿修羅討伐のため、この最高神ヴィシュヌと破壊神シヴァが、インドラに加勢する」

「インドラ、得心したか？　俺たちが来たからには、この戦いで決着をつけるぞ。この破壊神シヴァ様の力を見せつけてやるぜ」

「ヴィシュヌ、シヴァ、言っていることはわかった。だが、アシュラは不死身だ。今までも何度も蘇っている」

シヴァは鼻で笑い、ヴィシュヌは少し笑みを浮かべた。

「我々が無策で来ると思うのか？」

「……手はあると？」

ヴィシュヌもシヴァも、大きくうなずいた。

＊　＊

「……あの、戦いのことか？」

「もう、昔のことだと思ってる？」

「いや、そうは思っていないさ。人間と違って、我々には時効はないからな。あの時の俺は、もう最後のほうはよく覚えていないんだ。なぜ、戦うのかすら、わかっていなかったかもしれない」

　ガネーシャは、その長い鼻でアシュラの肩をポンと叩いた。

「アシュラ、父上もヴィシュヌも忘れてはいない、あの時のことを。アシュラは自分で言っていたように、インドでは悪魔なんだ。たとえ仏法に帰依して神に列せられたとしても……」

　アシュラはまた窓を見た。雲海が暗く澱み始めた。

破壊神　シヴァ　（大黒天）

「ほんとに、父上の所に行くつもり？」

「だから、今飛んで向かってんだろう？」

「……僕も、行かなきゃならないの？」

「何を今さら。俺が一人で行ってもシヴァは絶対家に入れてくれないって言ったのは、ガネーシャ、おまえだろう？」

「……言ったけど。だからって、僕が一緒に行くとは言ってないよ」

「友達がいのない奴だな。困っている友人がいたら助けるのは当たり前だろう？」

「いつから友達になったよ。……悪魔に友達なんていないよ」

「仏法の歓喜天（ガネーシャ）は、八部衆の阿修羅王とは親しいんだ」

「勝手に決めつけるなよ！」

【破壊神シヴァ（大黒天）】

宇宙の破壊神と呼ばれるシヴァだが、インド三神（ブラフマー・ヴィシュヌ・シヴァ）の一人で、ヴィシュヌと人気を二分する、インドの神々中でも上位に位置する神である。世界が終わりに近づいた時、今ある世界を破壊しゼロにするといわれる。

実際はいつも乱暴なばかりではなく病気を治したり、愛妻家であったりする。この夫婦の息子がガネーシャ（歓喜天）とスカンダ（韋駄天）である。

＊　＊

「で、実際どうする？」

「アスラ一族といっても、頭は阿修羅王ひとり。アシュラをつぶせば総崩れだ。あとはたやすい。問題のアシュラだが……。インドラ、おまえは今まで何度くらいアシュラの心臓を突いた？　何度くらいアシュラの首をハネた？」

「……数え切れない。そのたびに奴は蘇った」

インドラとヴィシュヌの会話を聞きながら、シヴァはウロウロと歩き回り、時々ため息をついている。

「おいヴィシュヌ、まどろっこしいのはごめんだぞ。いい加減インドラに説明してやれ」

　ヴィシュヌは顔を上げシヴァに目を移した。

「シヴァ、少し落ち着け。事は性急過ぎてはいけない。慎重を期さねばな」

「それで、ヴィシュヌ？」

「たいていの場合、たとえ神々でも首をハネられたら生きてはいない。だが、アシュラの場合、首さえあれば必ず生き返る。首が、千切れた身体を探し出すからだ。……そこでだ」

　ヴィシュヌは、シヴァをもう一度見た。シヴァはここぞとばかり、剣を振りかざし、テーブルの上に置いた。

「この剣で、アシュラの首を切り落とす」

「いや、首を切っても蘇ると言っているんだが……」

「インドラ、あわてるな。シヴァ、続けていいぞ」

「首をハネ飛ばした後、俺がアシュラの身体を地中深く埋める。念のため、細切れにしてな。そして、ヴィシュヌが……」

「わたしは、シヴァの飛ばした首を受け取って、すぐに北に向かう」

「北？」

「永久凍土と呼ばれる地までだ。そこで、首を氷漬けにした上、凍土に埋める。頭は割っておいたほうがいいだろう。少しでも用心のためだ」

「凍土……。しかし、そんな北では、頭を埋める前にヴィシュヌが凍えてしまわないか？」

　ヴィシュヌとシヴァが顔を見合わせた。

「アグニ（火天）を連れてゆく。寒さに強いとは言えないが、アシュラの首を埋めるくらいの時間は暖を保てるだろう。首と身体を完全に引き離し、そして、首が飛び回れないようにする。それ以外に、アシュラを押さえる手立てはない。それでも……奴は死んではいないのだから」

　インドラは、口の中に苦味を感じた。苦味は身体全体に襲ってくる。

「アシュラの意識は？」

「……あるだろうな」

「永遠の、地獄か……」

「インドラ、おまえはアシュラを何度も殺している。そのたびに生き返るから、死んだ気がしてないだけだ。アシュラは、本来ならもうずっと前に死んでいるのだぞ」

ヴィシュヌの言葉にシヴァは黙ってうなずき、インドラは心まで苦味に支配される気がしていた。

*　*

「あら、ガネーシャ、何をしているの？　中に入りなさいよ」

入り口で立っているガネーシャを、母のパールヴァーティ（烏摩）が庭先から見つけて声をかけた。

「今、シヴァも呼ぶわね。――シヴァ、シヴァ！　ガネーシャが来てるわ」

パールヴァーティは、夫の名を呼びながら家の中に入っていった。

それを見送りながら、なお家に入れないでいるガネーシャは、後ろを振り向いて長い鼻を所在なく揺らした。

「何を遠慮しているの？　おかしな子ね」

　入り口から顔を出しながら、ガネーシャはまだためらっている。

「ガネーシャ、中に入って座ったらどうだ。パールヴァーティは、息子が来ると嬉しくて仕方ないんだ。こっちに来て、俺たちに顔を見せてくれ」

「シヴァったら、ガネーシャにそんなこと言わないで。恥ずかしいわ。……ほら、ガネーシャ、早く入ってきなさいよ」

　ニコニコ笑いながら、両親が呼んでいる。おずおずとガネーシャが部屋に足を踏み入れる。ガネーシャが中に入ると、シヴァの顔色が変わり、パールヴァーティは不思議そうな顔をした。


「パールヴァーティ、奥に行ってろ」

「え？　でも……」

「いいから、奥に行くんだ」

「母上、すみません」

　ガネーシャは、母に頭を下げた。パールヴァーティはガネーシャの肩に手を置き、その後ろに立っている者をチラリと見て、シヴァの言うとおりにした。

パールヴァーティがいなくなったのを確認してから、シヴァはおもむろに立ち上がった。

＊　　＊

高い丘の上から、インドラ、ヴィシュヌ、シヴァが戦況を眺めている。すぐ下では、すでに戦闘が始まっている。

「あの、中心で血まみれになっているのが阿修羅王か？」

アシュラは舞うような華麗な動きで、次々とインドラの部下たちを葬っている。その身にまとう赤い血は、自分の血なのか、敵の血なのか。くるくると回るようなすばやい動きは、その赤い衣を血しぶきに変え、襲いかかる者たちまでをも、まだらで不揃いな赤い模様に染めてゆく。

「……美しいものだな、滅びゆく者とは」

「何が美しいものか、奴は狂った殺戮者にすぎない。ヴィシュヌともあろう者が、あんな鬼を美しいなどと……！」

「見たままを言ったのだ、シヴァ。鑑賞はここまでとしよう。さて、我々が目の前に現れて、アシュラはどうするか？　いや、我々が誰か、わかるだろうか？」

ブン！　と剣を振る音がした。

「わかっても、わからなくてもいい。目的を果たすまで」

「やはり、わたしも行ったほうが良いのではないか」

「インドラ、おまえはこの軍を率いる者。戦場の中心に立つ者ではない。アシュラは、わたしとシヴァに任せろ」

「いくぜ、ヴィシュヌ」

シヴァの声とともに、二人の神はふわりと浮き上がった。目指すは戦場の中心、赤く染まる阿修羅王のみ。

＊　＊

「阿修羅王、よくここに来られたな。このシヴァの家に来るとはいい度胸だ」

「ち……父上、アシュラは戦いに来たのではありません。話をしに来たんです。どうか、話を聞いてやってください」

シヴァが、持っていた小型の剣を突然アシュラ目がけて放った。剣はアシュラの頬をかすり、後ろの柱に突き刺さった。アシュラの右頬は浅いが真一文字に切れ、かすかに血がにじんできた。アシュラは、口元に落ちてきたその血を、その舌で受け止めた。

「甘い……」

「何、言ってるんだ？　アシュラ」

「ガネーシャ、何度も切られていると、痛みなんて感じなくなる。いつも血を流していると、その血は甘くなるんだ」

アシュラの目はうつろだ。つい先ほどとは別人のように精気を失っている。

「アシュラ、どうしたんだ？　目を覚ませ」

ガネーシャはアシュラの肩をつかみ、両手で揺さぶった。


「ガネーシャ、離れていろ。あの時の決着をつけてやる」

「父上、何を言ってるんですか？　戦いはとうの昔に終わったんですよ。アシュラは、あの戦いのことで来たんじゃない。父上と話が……」

「どけ、ガネーシャ。あの半端な結末を俺が納得していると思うのか？　俺はあの時、アシュラを討った。討ったはずだった。それなのに、こいつは生きている。まるで、あんな戦いなど、なかったかのように」

＊　＊

ヴィシュヌとシヴァは、アシュラが戦っている真上まで来た。

「ヴィシュヌ、見ていろ。俺ひとりで仕留めてみせる」

「好きにしろ。だが、危なくなったらおまえが拒もうが、わたしは手を貸すぞ」

「ふんっ。勝手にしろ」

シヴァは戦っているアシュラに剣を向け、空中からその首目がけて一直線に降りて行った。

＊　＊

シヴァは手持ちの剣のうちの一本をアシュラに投げた。スパン！と音がして、アシュラの手の中に剣が収まる。

「アシュラ、受け取ってはだめだ！」

ガネーシャがアシュラの剣を奪おうとしたが、すでにアシュラはきつく剣を握っている。ガネーシャはシヴァを振り返った。シヴァの手には、新たな剣が握られ、光る刃を両手で抱えるように持ち、その舌で刃の背をなめた。

アシュラの周りにはいつの間にか大きな草原が広がっていた。気がつくと、血にまみれた自分が戦っている。戦場だ。アスラ一族とデーヴァ一族の、あの戦場だ。そして目の前には……。

「シヴァ！」

＊　　＊

アシュラはすんでのところで、シヴァを避けきった。空から降ってきた剣を持つ新たな敵は、破壊神シヴァ。

「よく避けたな。だが、次はないぞ」

シヴァは言うが早いか、即座に切りかかってきた。剣と剣がふれる、当たる、すれ違う。カン!カン!カン!と、剣の音。振り下ろす、すくう、振り回す。アシュラは踊りのステップを踏むように、シヴァの剣をかわしてゆく。アシュラが身にまとう細い布は、マフラーが風に揺れるように、アシュラの動きに合わせて舞っている。

「きりがないな」

シヴァがチラッと上を見ると、腕を組んだヴィシュヌが宙に浮いたまま、その戦いの様子を眺めている。

「あいつ、手を貸すと言いながら、洞《ほら》ケ《が》峠《とうげ》を決めるつもりか」

その時、アシュラの剣がシヴァの肩をかすかにかすった。

ドン!と鈍い音がした。

「ヴィシュヌ!　遅いぞ」

ヴィシュヌが剣の柄で、アシュラの背を突いたのだ。シヴァをかわすので精いっぱいだったアシュラは、バランスを崩して地に転がった。

シヴァはそのままアシュラを組み敷くように、アシュラの身体にまたがった。アシュラが自分の剣をシヴァに向けようとすると、その手はヴィシュヌによって弾かれ、アシュラの剣は飛んだ。

「ここからは、俺の役目」

シヴァは自分の剣を、アシュラの右肩上――首の付け根に突き刺した。

「首をいただくぜ！」

シヴァは剣を両の手で持ち、利き手の方向へ倒し始めた。鮮血が飛び散り、シヴァをも赤く染めてゆく。

「シヴァ、早くしろ！　何かが起こっている！」

ヴィシュヌの声にふと見ると、アシュラが左手を天に向かって伸ばそうとしていた。


「……阿修羅王、聞こえるか。阿修羅王」


（誰だ？　俺を呼ぶのは、誰だ？）

「シヴァに首を取らせるな。今度首を取られたら、おまえは永遠に封印される。生きながらに、暗い闇に閉じ込められるのだ」

（……もう、いい。疲れた。血にまみれた俺には、闇はお似合いだ）

「……手を伸ばせ。阿修羅王。わたしの手をつかむのだ。闇に隠れるのはいつでもできる。違う道を生きてみよ」

（手？）

すると、アシュラの目の前に光が現れ、その光からアシュラに向かって一本の手が伸びてきた。

（この手をつかむ？）

「おい、シヴァ！　急ぐんだ！」

シヴァが剣に力をこめた時、アシュラが微笑んだ。伸びたその手は、何かをつかんだように握られている。

「シヴァ！」

一瞬光が走った。シヴァもヴィシュヌも、目がくらんで、その腕で両目を押さえた。

「シヴァ！　アシュラは？」

シヴァは自分が押さえていたはずの、アシュラの身体があったはずの地に手を置いた。

「アシュラが、……消えた？」

アシュラの首にかかっていたはずの剣は、ただ大地に突き刺さっている。

「何が起きた？　ヴィシュヌ」

「……わからん。おまえがアシュラの首を切ろうとした時、アシュラが天に向かって手を伸ばし始めたんだ。何者か、我々神々すらをも超越する力が働いているような気がした」

「奴の手の先には、何があったんだ？」

ヴィシュヌは、わからないというように首を振った。しかし、ふと首を上げると、確かめるようにシヴァに視線を向けた。

「あの光で目がくらむ直前、アシュラの手が、何かを握ってなかったか？」

「……握っていた。確かに見た。だが、ヴィシュヌ。我々は創造神ブラフマーの要請でここに来たのだぞ。ブラフマーをも出し抜くものなど、この世に存在するのか？」

「……わからん」

＊　＊

「どうだ、アシュラ。あの時は、ヴィシュヌに助けられておまえを押さえた。だが、今日は俺ひとりだ」

ガネーシャが止めるのも聞かず、戦いに及んだアシュラとシヴァだったが、またあの時のようにアシュラはシヴァに組み敷かれていた。シヴァの剣は、やはりあの時のようにアシュラの右肩から下ろされようとしている。

「今度こそ、その素っ首《そくび》を切り落としてやる！」

「父上、やめてください！」

ガネーシャの声が悲鳴のように響く。しかしシヴァは、ニヤリと笑うと嬉々として剣に力を込めた。

「やめろ！　シヴァ！」

最高神　ヴィシュヌ（毘紐天《びちゅうてん》）

「ヴィシュヌ、離せ！」

シヴァは、ヴィシュヌに剣を握る腕を押さえられて、最後のひと振りの前で止められていた。

「よせ、シヴァ。今、アシュラを殺してどうする？」

ガネーシャはホッとして、座り込んでいた。シヴァがアシュラの首を切る直前、最高神ヴィシュヌが現れたのだ。しかし、胸を撫でおろしたのもつかの間、ガネーシャは、アシュラがすでに首を傷つけられていたことに気づいた。アシュラの首には深い傷があり、大量の血が流れ出ていた。

ヴィシュヌがシヴァから剣を奪うと、ガネーシャは父親をはねのけて、アシュラに飛びついた。

「アシュラ、大丈夫か？　早く血止めをしないと……」

シヴァは、息子に押されてバランスを崩し倒れ込んだが、ヴィシュヌに支えられて立ち上がった。

「ガネーシャ、アシュラは心配ない」

ヴィシュヌがそうガネーシャに声をかけるのと、アシュラがガネーシャの手を振り払うのが同時だった。

「ア……シュラ?」

アシュラは起き上がった。半身は赤く血にまみれていたが、その傷口は、みるみるふさがってゆく。

「ふんっ。この、化け物が!」

シヴァが吐き捨てるように毒づいた。

【最高神　ヴィシュヌ（毘紐天）】
インドの神、ブラフマー・ヴィシュヌ・シヴァは、三位一体と呼ばれ、世界を創造するのがブラフマー、維持するのがヴィシュヌ、破壊するのがシヴァである。ヴィシュヌが化身（アラヴァータ）して人の世に出た話は多く、人だけではなく魚などの動物にも

なっている。

また、妻のラクシュミー（吉祥天）との夫婦仲は良く、ブラフマーの妻サラスヴァーティ（弁才天）、シヴァの妻パールヴァーティ（烏摩）と共に、三女神といわれる。この三人の女神は、皆夫婦仲が良く、夫の神たちは皆愛妻家である。


「まぁ、ヴィシュヌ、来ていたの？　……シヴァ、これはどうしたの？　ドタバタしているから来てみれば……！」

シヴァの妻パールヴァーティが奥から現れ、部屋を見て驚いた。部屋の中は家具が倒れ、嵐にでもあったような惨状だ。さらに、パールヴァーティは、血だらけになっているアシュラを見て息を飲んだ。

「いったいどうして？」

すでに傷口はふさがっていたが、血は乾いてはいない。

「パールヴァーティ、すまないがアシュラにシャワーを貸してもらえないか」

「ええ、もちろんよ、ヴィシュヌ。アシュラ、こっちに来て」

アシュラは少し抵抗したが、パールヴァーティは無理やり腕を取ると、アシュラを引っぱった。それから、部屋を出たが、すぐにもう一度顔だけを出した。

「シヴァ、ガネーシャ、ヴィシュヌ。何があったか知らないけれど、この部屋は元に戻して掃除してね」


「ヴィシュヌ、何しに来た？」

「たまたまだ。通りかかったら、いつもと違う気配を感じた。だが、間に合って良かった」

「何が〝良かった〟だ。おまえが来なければ、アシュラの首を上げられたものを」

「シヴァ、本気でそう思っているのか？　覚えているか、あの時のことを」

＊　＊

インドラは、アシュラの消えた戦場に降り立った。すでにアスラ一族はすべて戦意喪失し、皆武器を捨てて座り込んでいる。立っているのは、インドラのデーヴァ一族だけだ。

「何があった？　ヴィシュヌ、シヴァ」

「見てのとおりだ。アシュラは首を取られる直前に突然消えた。同時に、戦いも終わったようだ」

「納得がいかん！」

シヴァはまたブン！と剣を振った。

「何者かわからんが、いや、何の力か、アシュラを奪い去って行った者がいる」

「インドラ、アスラ一族の者たちはどうする？」

「……戦う意志のない者を無理やり痛めつけるのは、良いこととは思えない。抵抗する者がいれば別だが、そうでない限り、トウ利天に連れ帰ろうと思う」

「誰も傷つけることなく？」

「トウ利天にはアスラの姫もいる。一族を連れて帰れば喜ぶだろう」

「……アスラ一族にはインドラのデーヴァ一族も苦しめられただろう。それでいいのか？」

インドラとヴィシュヌの会話を聞きながら、シヴァはあきれている。

「信じられないぜ。あの悪魔の一族を許すなんて」

「シヴァ、甘いと言われるかもしれない。だが、アシュラがもう二度と戦いを挑まないなら、わたしは、このまま終わりにしたい」

「インドラ。……俺には理解できん！」

「まあ待て、シヴァ。何の力かわからんが、アシュラを奪い去った者は、あなどれない。もし、アシュラと再び相見《あいまみ》えることがあっても、もうアシュラには手は出せないかもしれない」

＊　　＊

「あれから、本当にインドラはアスラ一族を全員引き取っていった。そしてしばらくすると、アシュラがトンニャンの元にいるらしいことを耳にした」

ヴィシュヌが当時を振り返っているところに、シヴァが口を挟んだ。

「トンニャンがどうした？　そんな得体の知れない者が怖くて、神なぞやっていられるか」

「シヴァ……。子供でもわかるようなことで、ムキになるな。敵に回していい相手かどうか、わかるだろう」

「父上、さっき本気でしたよね？」

シヴァは落ち着きなく剣らを片づけ始めた。

「父上、過去は過去です。かつての事実はきちんと受け止めて、それでも罪を憎んで人を憎まず、ですよ」

「うるさい！　子供のくせに」

ヴィシュヌは、シヴァを手伝おうとしている。

「シヴァ、ガネーシャはもう子供ではない。よくわかっているじゃないか。りっぱな息子を持って幸せだな」

ガネーシャも手伝って、パールヴァーティに言われたように、三人で部屋の片づけを始めた。


「アシュラ、その格好は？」

シャワーを浴びたアシュラは、気恥ずかしそうにしている。

「おかしいか？　ガネーシャ。俺の脱いだ服がなくなっていて、これが置いてあったんだ。少し……大きくて……」

ガネーシャは庭に目を移した。

「母上が、アシュラの服を洗濯して干しているみたいだよ」

「あら、着替えたの？　それ、スカンダ（韋駄天）のだけど、ちょっと大きいかしら？　でも、シヴァやガネーシャのでは大きすぎると思って」

「いや、大丈夫。何とか着られるから。それより、洗ってもらって……ありがとう」

「気にしないで。シヴァなんでしょ？　あんなに血で汚れちゃって……。すぐ乾くと思うから、ゆっくりしていってね」

それからパールヴァーティは部屋の中をひととおり見回した。

「けっこう綺麗になってるわね。床の血も拭き取ったのね。ヴィシュヌ、掃除が上手ね。家でも、ラクシュミー（吉祥天）の手伝いしてるの？」

「え……あ、あぁ、まあな」

パールヴァーティが奥に引っ込むと、四人はホッと息をついた。

「女って奴は、ほんとに物事に動じないなあ」

「ラクシュミーもそうか？」

ヴィシュヌが小さく首を縦に揺らした。

「ブラフマーのところのサラスヴァーティ（弁才天）もあんな感じなのかな」

「船に一緒に乗る時に会うが、ま、どこも似たり寄ったりだな」

「船って、七福神のことだよな、シヴァ？」

アシュラの問いかけに、シヴァとヴィシュヌが振り返った。

「立ってないで座れ、アシュラも、ガネーシャも。いいだろ？　シヴァ」

ヴィシュヌの呼びかけでシヴァは黙って座ると、横を向いた。

「アシュラ、座ろう。服が乾くまでは、まだ時間かかるし。それに、父上だけでなく、ヴィシュヌにも話があっただろう。二人が揃って良かったじゃないか」


「実は、俺がここへ来たのは、その……念が……」

「念が、飛んでるよね？　世界中に。父上も、ヴィシュヌも気づいてたでしょ？」

シヴァとヴィシュヌは顔を見合わせた。

「誰からの念だ？」

「それは、その……」

「アシュラ、おまえの目的はそこだったのか？」

シヴァはヴィシュヌの顔色をうかがうように上目遣いで見て、アシュラと目を合わせないようにして、ぼそぼそとつぶやいた。

「来てるぞ。気づいてたさ」

「そ……うか。気づいていたか」

アシュラが小さくうなずくように首をゆらした。ヴィシュヌはあらぬ方向を見つめながら、口を開こうとしない。

「ヴィシュヌ、気づいているだろう？　いや、気づきたくない気持ちもわかる。だが、気づかないふりをするのだけは、やめてくれ」

にわかにヴィシュヌは立ち上がった。

「気づかないふり？　どうして、そんなことをする必要がある？　気づかないふりなど、していない」

「では、来ているんだな？」

「……なぜ、来ているのかは、理解できないが。ま……来ているに違いないが……」

「ヴィシュヌ、かつておまえは、『マツヤ』という巨大魚に化身して、たくさんの人々を大洪水から救ったことがあったな。覚えているか？」

「忘れるはずがない。わたしの十の化身（アラヴァータ）は、すべて意味のあること」

アシュラは言いにくそうにうつむくと、言葉を選んで口を開いた。

「おまえの十の化身のことは、インドの神々なら皆知っている……。
一、クールマ（亀）
二、マツヤ（巨大魚）
三、ヴァーマナ（こびと）
四、ヴァラーハ（巨大イノシシ）
五、ヌリシンハ（人獅子）
六、ラーマ（「ラーマヤナ」のラーマ王子）
七、パラシュラーマ（武人階級殲滅の英雄）
八、クリシュナ（「マハーバーラタ」の英雄）
十、カルキ（終末の時の世界再生）
それから、その、九つ目とされるのは……」

ヴィシュヌがアシュラをにらんだ。

「どうした、アシュラ。言ってみろ」

「九、ブッダ（魔族に悪い教えを伝えて破滅させた）……」

シヴァもガネーシャも大きなため息をついた。

「そうだ、シッタルタはわたしの化身したものの一人だ。つまり、このヴィシュヌがシッタルタ自身。それなのに、もう一人、シッタルタがいるはずがないだろう」

アシュラはうつむいたまま顔を上げられない。ここが一番の難関だった。わかっていて、アシュラはこの神々を訪ねた。ヴィシュヌをどう説得するのか……？

「シヴァ、七福神として――大黒天として船に乗っている時、おまえは何を考えている？」

「え？」

アシュラに突然ふられて、シヴァは焦る気持ちを隠せない。

「や、大黒天の時は、やはり自分を信じてくれる人々の声に応えたいと思っている。いや、インドは俺の故郷だ。シヴァであることが前提にある。だが、大黒天としての俺に手を合わせる人間を、俺は裏切れない。それは、インドラ（帝釈天）やブラフマー（梵天）も同じだと思うが」

アシュラはまた、ヴィシュヌに目を向けた。

「ヴィシュヌ、この念はシッタルタが全世界の神々に向けて飛ばしているものだ。この話は、トンニャンが最初にインドラにした。インドラがシッタルタに話したか、誰かを介してシッタルタに話が行ったかは、わからない。しかし、シッタルタは、一人でも多くの人々を救うために、天上界と魔界以外の神々に念を飛ばすことを思いつき、実行したのだろう」

「……わたしに、その念に従え、というのか。なぜ、存在しない者が飛ばした念などに従わねばならん。シッタルタは、わたし自身だと言っているだろう」

「ヴィシュヌ、おまえのこだわりはわかる。だが、こう考えてはくれないか。シヴァの言うように、我々は自分を信ずる人々に応えたいと思うだろう？　俺も、仏法では八部衆に列せられ、神と名乗ることを許された。シヴァもヴィシュヌも納得がいかないだろうが、この俺にすら手を合わせる者がいるんだ。俺でさえ、自分を信ずる者は裏切れない。ましてヴィシュヌ、おまえは……」

「わたしはインドの最高神ヴィシュヌだぞ」

「だが……仏法では、仏に仕える神々の一人、毘紐天だ」

皆、言葉を失い、気まずい沈黙が流れた。

「ヴィシュヌ、僕はインドとか、仏法とか、こだわりたくないんだ。宗教は、人間が考えて決めたことだろう。その時々で、望むと望まざるにかかわらず、僕たちの立場は変えられてしまう。でも、どの宗教でも、信仰する人間たちは、真剣に僕たちに手を合わせてくれてるんじゃないかな。僕はそれで充分だよ。僕ができることをする。神々の一人として」

「ヴィシュヌ、俺はたぶんこれからもアシュラを許せないかもしれない。だが、ガネーシャの言うように、俺も俺を信仰する人間たちのために、やれることはやりたい。それが、インドの信者でも、仏法の信者でも」

ヴィシュヌはひじを自分の膝に置き、頭を抱えている。

「ヴィシュヌ、どうしてもだめか？　念を受け止めてはくれないか？」

「……アシュラ、かつてわたしがマツヤという巨大魚になって、大洪水から人々を救った、と言ったたな」

「あぁ」

「誰が飛ばした念かは、わたしは知らん。だが、内容だけは聞いた。その時にはできることをする。それで、いいか？」

アシュラはやっと微笑んだ。

「どこに行ってたんだ？　アシュラ」

　ベッドに横たわるアシュラの髪をトンニャンがすいている。アシュラは答えない。トンニャンは突然アシュラの首筋に口づけた。それは、シヴァに傷つけられた場所だ。

「身体は嘘をつけないな。シヴァに首を取られなかったのは、運が良かっただけだぞ」

「……何か、できることがしたかったんだ。おまえは歴史に介入できないだろう。でも、俺なら何かできるかと思って……」

「バカ！」


　トンニャンの腕の中で、アシュラはつぶやく。

「どうして俺だったんだ？」

「……おまえは、あの時、自分がなぜ戦うのかすらわかっていなかっただろう？　失った姫が、もう戻らないと、とっくにわかっていながら……。あの長い戦いの最初から見てきた。おまえをあのまま、殺したくなかったんだ」

「俺の心の奥底にまだ姫がいると知っていて、どうして俺たちはこうしているんだろう？」

「……愛とは残酷なものだからな。おまえだって、わたしの心の奥底にいる者が見えるだろう」

「アシュラ、わたしに人間のような愛の言葉を言わせたいのか？　おまえが望むなら、言ってやってもいいぞ」

「言ってやってもいい、なんて、恩着せがましいこと言うなよ。俺は、真実おまえの心が知りたいだけだ」

「それって……告白してるのか？」

「ち……違うよ。何で、そういうことになるんだ？」

アシュラはくるりと背を向けた。すかさずトンニャンが、後ろから抱きすくめる。

「もう、長い間一緒にいて、お互いの過去も知り尽くしても、なお、その先を望むか……。結局は、人間と何ら変わることはないな」

「……インド三神（ブラフマー、ヴィシュヌ、シヴァ）は、本当に夫婦仲がいいんだ。皆、愛妻家で……」

トンニャンが、そのまま後ろから、アシュラの首筋にまた口づけた。

「アシュラ、ずっとそばにいて、離れるなよ」

あとがき

二〇一五年に初めて出版をし、二〇一七年に、あるきっかけから七作は形にしようと決心しました。それが今回、やっとこの七作品目となりました。

七作品は、初めからこの七作にする、と考えていたわけではなく、途中途中で出版しようと思っていた作品が変わり、本当は書籍化しようと思っていたものができなくなったり、出版自体できない状態があったりと、紆余曲折、様々な難局に直面しました。

（もう、ここで終わりにしよう。七作品なんて、作れるわけがない）

と諦めかけたこともありました。

それでも、ここまで来られたのは、応援してくださったたくさんの方々、お会いすることができない、書店でお買い上げくださった方々、ネットショッピングで購読してくださった、日本のみならず、他国の皆様。皆様のおかげです。

私のルーツと、アシュラのルーツ。私が伝えるために書いてきた、この物語の原作の最初のオリジナルキャラクターは、私がまだ小さい子供だった一九六六年に生まれました（当時は漫画を描いていました）。そして、長いシリーズの主人公に出逢ったのは一九七二年。赤いチャイナドレスを着た少女として現れた彼女は、自分で「トンニャン」と名乗りました。ずっと少女と思っていましたが、のちに彼女が、彼でもあることを知るのに、さらに六年かかります。そこから筆を折り、次にこの物語に着手したのは二〇〇六年でした。そして書き進むうちに、四十年も前のオリジナルキャラクターたちの役割が、初めて明らかになっていったのです。

今回はその物語の中でも、中心的役割をなすアシュラ――阿修羅王を中心に書いた物語を、私の最後の作品として送り出すことにしました。

少しでも私の伝えたいことは伝わったのか、それはこの作品を含めた七作品のいずれかが、いつか誰かの心を動かした時にわかることでしょう。それまで生きていられるかは、わかりません。しかし、たとえ私がこの世から消えても、一つでも作品が残ることをただひたすら願い、書籍化できなかったたくさんの他作品を整理して残していこうと思っています。

いつの日も、信じ続けてくださった恩師。切れることなく応援し続けてくれた友人たち。お会いしたことのない、今、読んでくださっているあなた。
そして、出版に関わったすべての方々に、心から感謝いたします。

二〇二一年八月八日（日）

水月あす薫

著者プロフィール

水月　あす薫（みずき　あすか）

宮城県仙台市出身。

幼い頃より、映像で物語が視える。言ってみれば、夢が鮮明に映画一本観るように。そのため漫画家を目指すが、絵は小学校で断念。文章が下手なので小説は無理と思ったが、溢れるほどに生まれ出る物語のあらすじを書き留めたのが、最初に書いたものであった。一度筆を折ったものの、2000年の春、最初の恩師との出逢いにより初めてまともな文章に挑戦。しかし、家庭の事情を理由に途中リタイア。その間、人生の恩師・文章の恩師と呼べる方々と出逢う。

残りの人生、何も残さないでいいのかと悩み、2015年に自費出版を決意。７冊を出版すると決め、最終作品として、子供の頃からあったアイディアがもととなっている本作品を上梓した。なお、本作品は長い長い物語のスピンオフである。

また、高校時代に突然ひらめいたペンネームは「飛鳥薫」だったが、最初の出版時に違うペンネームにするよう言われ、悩んだ末、今のペンネームとなった。「あす薫」の中には飛鳥薫がいるとこじつけ、自分を納得させた。

2015年　小説『虹を紡ぐ人びと』出版
2016年　小説『千に咲く』出版
2017年　短編集『白龍抄』全九編収録　出版
2018年　SF小説『ミチビキビトⅠ―逝導師佐鴈―』出版
2019年　SF小説『ミチビキビトⅡ―ヒカリオン―』出版
2020年　小説『駒草―コマクサ―』出版

ブログnote・アメブロ・HPあり

アートワーク：今野光一（こんの　こういち）

炎の巫女／阿修羅王

2022年 2 月10日　初版第 1 刷発行

著　者　水月 あす薫
発行者　瓜谷 綱延
発行所　株式会社文芸社
〒160-0022 東京都新宿区新宿1－10－1
電話 03-5369-3060（代表）
03-5369-2299（販売）

印刷所　株式会社暁印刷

ISBN978-4-286-23403-8